脳卒中からの脳細胞の新生

広く、浅く、こだわり教員の生きざま

ウメタケ

幻冬舎MC

脳卒中からの

脳細胞の新生

広く、浅く、こだわり教員の生きざま

本作は、脳卒中から奇跡の生還を果たした著者の体験に基づく見解です。

はじめに

富山県の市立中学校に勤めていた男性教諭が、２０１６年に脳卒中を発症して亡くなり、その原因が長時間勤務にあったとして遺族が県や市に損害賠償を求めた裁判の判決が、２０２３年7月に出された。裁判所はその判決として、県と市に約８３００万円の支払いを命じたので、家族は別の意味でよかったのではないかと思う。私も「教員多忙化対策」は本を出すには相応しいテーマだと思うが、私はひねくれものなので、穿った見方をする。その見方は……。彼はあの世に行ったが、私はこの世に戻ってきた。もし死んだら「長時間勤務が原因」となるが、……生きているので、代わりに**もっと言いたいことを言おう**……と思った。

ところが、言いたくても言えなかった。ある人が言った、「家族が脳卒中になると死んだら地獄、生きても地獄」。納得、確かに何もできなかった。家族にも同僚・仲間・先輩後輩等にも、大きな迷惑をかけまくっている。でも、ある時気づいた。脳は成長する。倒れて、寝たきりで言葉も発音も文字も忘れたが、半年後に筆談、1年半後には8割しゃべれるようになった……。障害は治らないという常識が……。

さて、2020年、(コロナまん延中の) 夏の日曜日、次の授業の準備をしていたら脳の血管が切れてしまった。運良く緊急手術で凄腕の脳外科の医師に助けられて、感謝×∞だ。その後、せっかく命を救われたのに、入院して私の悪い癖が出た。退院したら、もっと酷くなった。その癖は心が狭いことだ。死にそうになっても、心の狭いところは直らなかった。具体的には、こだわりがあり、好きなもの(者)は好きで、嫌いなものは嫌いというところだ。一つ狂うと、とことん狂うし、逆も「可」なり。

その悪い癖のせいで、理学療法士・作業療法士・言語聴覚士らが大嫌いになった。正直に告白する。子どもではないので、喧嘩もやらないし、うまく付き合っているし、平和的にやりとりしている。**悪いのは私だ。**申し訳ないが、今のところ癖は直らない。私のことを別に気にしなければ、それでいい。私はわがままで、悪いのは私で、私をヒールにしておいてほしい。私の息子と娘は教師という職業が大嫌いで、私の好き嫌いの激しい血かもしれない。

はじめに書いた**「もっと言いたいことを言おう」**を説明しよう。自由に意見を主張する、学校の授業や社会の討論会で許される、それが日本の良いところと思う。倒れる前だったら、研究授業の反省会や事前や事後の指導会などで意見を出すことが許されていた。良い国だ。2020年の夏、倒れた後は、自分の人生までもどう生きているか、伝えることができなかった時期もあった。脳卒中の後遺症のためで、「しゃべれない、言葉を忘れて出てこない、字を書けない、発音も」だった。現在の私は「文章を書くのが好き」といえるまで、取り戻した。半端物の障害者でも、「言いたいことを言う」「主張したいことは主張する」ことはできる。やはり、私にとって「良い国、日本」と思っている。では、今の私が思っていることを言いたい（書きたい）。これが、私のテーマだ。

右半身が麻痺している私の脳神経の細胞についてだ。脳神経細胞を生み出し、増やし、育てて、最強の組織を完成させる。修理ではなくゼロから創り出す。設計図はＤＮＡのゲノムにある。スケジュールも立てて、２０２５年中に！　時間も成果結果も私一人で出す。だから、私もあなたたち療法士らの仕事の邪魔をしない、迷惑もかけない。あなたた

ちも、私に対して1㎜も1㎎も干渉しないでほしい。今の契約の関係を大切にしたい。あ
あ、医師への感謝は深いが、世話になっている療法士らへの気持ちは浅い。私はなんて心
が狭い障害者なのか。

目次

第2章 やり直す人生とそれを許さない空気

第3章 人間になりたい

第4章　私の詩

※詩の句読点は作者の自由みたい

第5章　学校が好きだ

第8章　半分授業その他の雑学《ざつがく》

第9章　黒歴史

第1章

科学の根拠と裏付け

1 ▽ 切れた脳の血管

生死の境をさまよった突然の脳出血。死の淵から生還したものの半身不随となり、第二の人生が始まった。脳出血はかなり重い症状だったので、99%死ぬはずだった。

２０２０年7月26日（日）、自宅で倒れた。厚生病院で脳神経外科の住友正樹医師が私を救った。感謝×∞。

経過を簡単に話す、とはいっても後で教えてもらったことだが。倒れて厚生病院へ運ばれた。脳の血管が破裂したが、運良く血は止まった。後で気がついたが、三途の川のような景色を見たし、宗教観も変わった。同年8月27日にＳ入院棟へ転院した。この頃は重症で一日中ベッドで過ごしていた。言葉も文字も絵も発音も忘れてしまった。左の手と足の一部が動くだけで、まるで廃人だった。

厚生病院に入院中はベッドに寝たきり。左の手足がかろうじて動いた。右目の焦点は秋になるまで合わなかった。食事は左手で横になって食べた。

Ｓ入院棟で（転院後）、排尿と排便のコントロールは倒れて3か月後くらいにはできるようになった。したがっておむつパンツも10月から11月には消えた。一番苦労したのは便秘だ。

着替えは、年明けに何とかできるようになった。シャワーは退院までにバステーブルに座って一人で何とかできるようになった。障害があると超不便。脳は大切。

寝る時も、ベッドの中で、少しずつ体を動かせるようになった。

他人の話すことは入院している時から分かっていた。倒れた時も6から7割、退院する時も8割から8割半ぐらいは分かった。固有名詞と数詞はまだ弱い。

2022年の3月から、簡単な会話ができるようになり、今は7から8割の理解力だ。「聞く」はまだ難しいが、書く（描く）方が先にできるようになり、具体的に言うと絵、字、文章が早かった。入院棟の壁に秋（9月）と冬（12月）の大きな絵を左手で描いた。9月には絵、文字と文章は2022年明け前と思う。現在、重い障害から中程度の障害になっている。

倒れた時は、ただベッドで生きているだけの生活だったが、退院する時は、「立つ、歩く」を、かろうじてすることができた。まだ、しゃべることはできなかった。ただ、利き手ではないが、左手で30％くらいは、字が書けた。筆談だ。私のような重い障害のある患者が、リハビリ入院の期間で回復したというケースは、あまり聞いていない。

退院して、2021年の夏、「身体障害者手帳」の更新をした。1年で回復したため、車椅子を利用しなかった。それが、唯一の、でも大きな回復のはじめの1歩だった。

この頃から、あることに気がついた。それを書きたい。倒れてから、リハビリというものに取り組んでいる。入院した時も、今も。始めてから1年ほど「何のためのか？」とずっと悩んでいた……。

しゃべれない、気持ちを表すことはできず、ただロボットのように「何かをやる」、日課をこなす生活だった。目的が分からない活動をさせられていた。リハビリ担当者は、患者の指導者のような印象で、カウンセラーの役割は果たしていないと感じた。言いたいことを聞いてもらう、興味を持っている話題を中心に相談する、ではない。何だろう？　PT、OT、ST、相違点は分かるが、人によって「ああ、この人は歩く練習をさせたいのだ」「この人は、自分のポジションを自慢したいだけだ（私への関心はゼロだ）」「ひたすら、立て歩け」……人によって個性があるんだ。それは理解した。

ほとんど「良い人」、これも理解した。中には、良い人だと思うが、私は苦手、嫌い、大嫌いもある。その時間は無駄になる。今でもそうだが。

私が倒れてから、私の方が「人間観察科」をするようになったのは、割と早い時期だった。でも、良い人でも、仕事にプライドや誇り、責任を感じることができない。寂しい気持ちにもなる。

今、最も気になることは、リハビリの方針が、「麻痺している部位（手や指など）は治ることはないから、障害があってもできることを選んで生きていこう」とされていることだ。これは、気に入らない。

教員という仕事はやりがいがあった（過去形）。倒れるまでは、「人」を大切にする熱い世界にいた。負けず嫌いで、プライドも高かった。まあ、私は患者&障害者で、人間扱いされることが期待できないと悲観的になることもある。なぜ、そこまで「嫌い」なのか？自由意志だから、好き嫌いは自由。でも、関係が良くなるといい。ここから、好き嫌いの嫌いが出た。

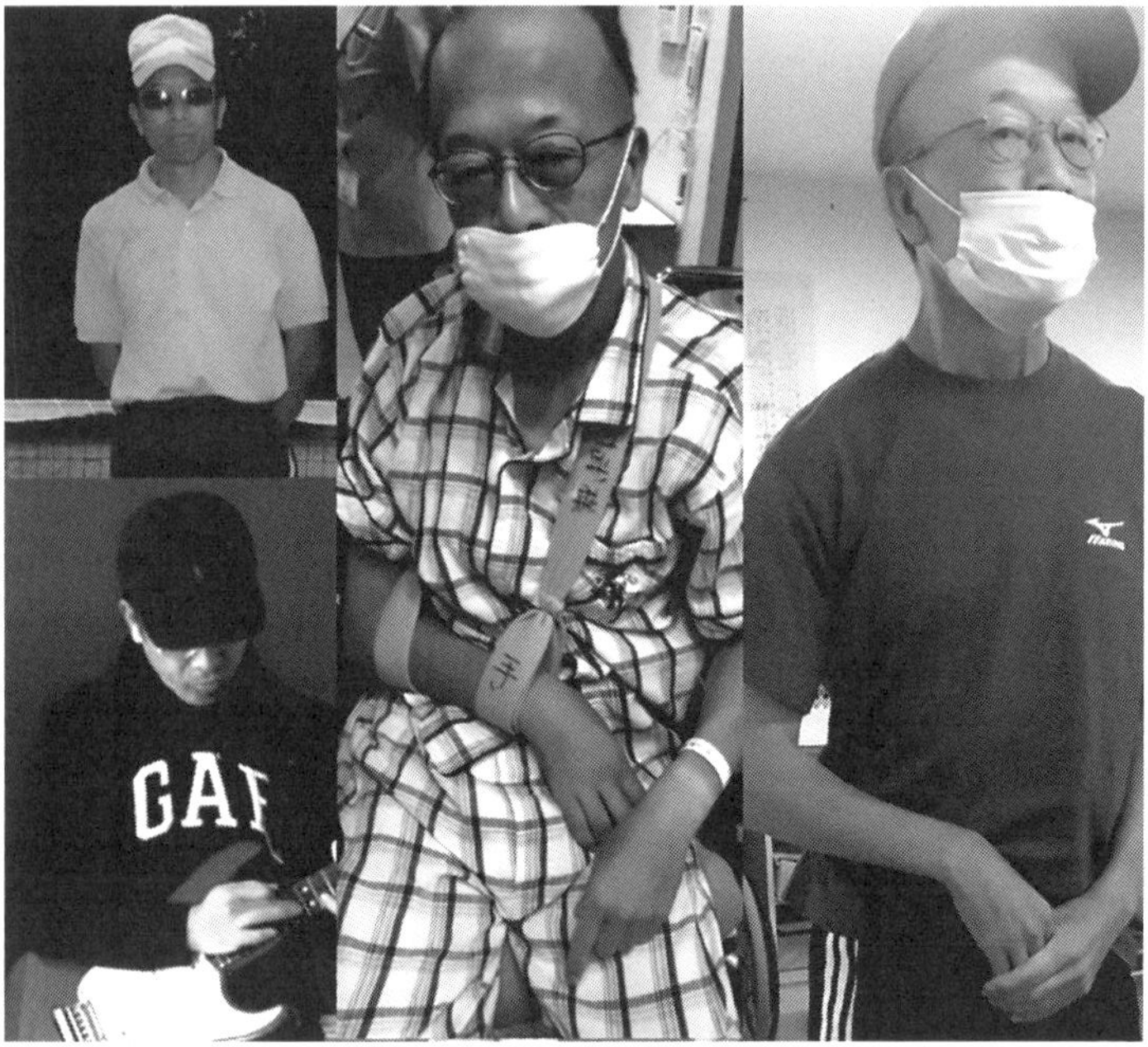

現役の頃

入院した
2020年9月頃

現在
2023年8月25日

リハビリの場には、基本的には上下関係がある。上の立場にいるのが「指導者」的な療法士・言語聴覚士、下の立場は「患者&障害者」になる。

スポーツ、楽器や歌、絵画、化学や生物や実験など、勉強も指導者が教える。その場合、もし指導者が経験のないことに取り組むなら、「経験がないなら、謙虚に！」。指導者は、その姿勢で。「脳の出血」の経験は、それほど大きいことと思う。私には経験、体験がある。だから、私たちの生体をもっと勉強学習研究してほしい。

アインシュタインはこう言った。「何かを学ぶために、自分で体験する以上にいい方法はない」。私も、授業や部活でそれを実践してきた。今は、どう障害を治すか、考えている。少しでも、脳神経の細胞が活性化することを学ぶために体験をしている。私の半身不随は、後天性の障害なので、自分で考えている。先天性の障害は体験していないので、他の患者については、アドバイスできない。

脳出血の経験がある者がリハビリを指導しているなら、説得力があると思う。ただ、私はそういうような体験をしている療法士が、結果を出しているという評判は聞いてない。療法士が、脳卒中プラス麻痺を過去に体験していないなら「謙虚に」。これが仕事の姿勢だ。

2▽対策と意志

まもなく倒れてから3年だ（2023年の夏）。進歩しているか？　私も、あなたたちも。私の脳の状態は、当たり前だが、私が一番詳しい。では、なぜ私は倒れてしまったのか。いやいや、なぜ、脳の血管が切れたのか？の方が良い質問だ。的確な質問に模範解答が出ている。これは別のページで述べる。

脳卒中の重い後遺症も、科学的に分析できる。人によって、後遺症か障害か、表現が異なる。この延長線上の質問は、どう言えばいいのか？

私には信念がある。だが、後遺症は治るのか？　障害は治るのか？

私は、治るが対策が必要だと思う。分かれば治り、分からなければ、「骨折り損のくたびれ儲け」。科学的に言えば、失った脳細胞をゼロから創り出すので、必要な対策は時間と意志にかかっている。脳の修理の設計図はＤＮＡのゲノム情報になる。必要なものがないと、ただの時間の無駄。意味のないリハビリ、機能訓練になる。論より証拠。

学校での道徳科の授業や合唱コンクールの様子を見ていると、人間の本来の「意志」のポテンシャルを経験することができる。脳の力を感じることは珍しくない。これは表のエネルギーであり、もう一つ、脳の「裏の力」がある。それを細かく説明しよう。

意志の力には、何とかなるものと、そうでないものがある。言葉通りの「できる・できない」と、「脳に隠されている力があり、見つける・見つけることができない」の二通りの意志の力がある。後者の意志の力は、「スイッチ」「伝説の回復」「悟り」「兆し」「前兆」「脳波」とも巷で呼ばれている。マスコミ等が注目しないのは、「時間がかかる」というリスクよりコストの方だ。宣伝や説明しにくい難点のハンディキャップという「４年から５年というスパン」も、また理由だ。解説しよう。

前者の「できる・できない」は物理的に説明できる。陸上競技の１００ｍ走の記録で「０・０１秒速く走る」は「できる」という力で説明でき、「５秒速く走る」は「できない」という物理的不可能で説明できる。これらの説明は簡単だ。というのは脳の力のカテゴリーではないから。

後者の「意志の力」の「見つける・見つけることができない」は特殊な脳の力で、該当する患者だけが発揮する力だ。脳卒中発症後、後遺症のみで死ななかった患者が、力を見つける該当者になる。もう少し丁寧に説明すると、まず脳卒中になっていない人は該当しない。脳が「危ない」と危機信号を出さないから。脳卒中になっても運が悪く死んでしまったら、その場合も「脳波」を出すことはない。問題は「脳卒中になって、医師に病院で救われた患者だけが該当し、不思議な力を出す可能性がある」ということだ。まだ科学的、生物学的な確証はないが、元教員だからこそ、説明できる。私もたまたま、その力を見つけた。

一例を挙げよう。麻痺している右足を物理的に治すなら、脳の近くから軌道が広くなり治っていく。倒れた後は「股関節0・膝0・足首0・足の指0」が、1年後は「4・1・0・0」、2年後は「5・2・0.5・0.2」というように、最終的に「10・10・10・10」になる（はず）。未来は確率であり確立ではない。なお、膝と足首、肘と手首はリンクしている。これも感覚で分かる。

脳にプログラムされている脳神経の細胞の非常再生命令が、意志の力で現れる。科学的に説明すると、「恒常性維持力、自己再生力、自己免疫力」プラス「意志の力」となり、さらに難しい説明をすると、DNA（新しく作る設計図）と可塑性（注文に合わせた部品）とエピジェネティクス（オンは活動する、オフは寝ている）のサインでの細胞のことである。これは、脳の障害を「治す」能力であり、運が良い患者には「見つける」力で治し、「見つけることができない」患者は、絶対理解していないか「自覚」がない。なぜなら、治す力を見つけると、必ず「自覚」がある。本人がその力を見つけないと、いくら頑張ってリハビリや機能訓練をやっても、麻痺は治らない。脳神経の細胞の秘密のプログラムは、見つけないと厳しい。たとえ、プログラムに気がついても、そこから完全に治すまで約4年から5年かかる。ただ、気持ちが良いフィニッシュがある。私の使命は、その「プログラムが存在すること」を案内することだ。

入院当初からおよそ1年間、入院棟でお世話になった療法士らの方々から、私も前述のように指導された。悪い言葉を使うと「洗脳」である。そう、私は悟り、「勉強不足からの自分の復活」という考え方に変えた。今の私なら、科学に助けを求む。

では、もう一つ、どれぐらい出血すれば、またどれぐらい脳の細胞が死ねば死ぬか知りたいなら。

致死量、血液はどのくらい？　全血液量の約20％（体重50kgの人で８００mL）以上が短時間で失われると出血性ショックとなり、さらに30％（１２００mL）以上の出血で生命の危険があるといわれる。

血液量は体重の何パーセント？　人間の血液の量は、体重の約13分の1といわれている。

出血多量だと何で死ぬ？　急激な多量の出血により、血圧が急激に低下し、ショック状態に陥り死亡することがある（乏血性ショック）。標準体重の成人の概算では、血液総量の１／２、およそ１・５L以上を出血で失えば失血死を起こすとされている。

血液量は体重の何パーセント？

成人の平均的な血液量は体重の約7％（1／13）、体重60kgの人で４～５Lであるが、性別、体重などにより大きく変化する。

私の病気に関していえば、脳に酸素を供給することが血液の最も重要な役割だと思う。脳神経細胞は酸欠で死んでしまう。私の死んだ脳細胞の死骸はそのままその場に残っている。

では、脳の細胞がどれだけ死ぬと、その人が死ぬのか？　いろいろ調べてみたが、結論は「分からない」。その代わり、頭が良い人は、さぞかし脳の中のネットワークが発達しており、ぎっしりと脳が〝詰まっている〟のだろうと文献で調べてみると、意外な結果が分かった。

２０１８年にドイツの研究者らが報告した最近の研究結果では、いわゆるＩＱが高い人ほど、脳の体積が大きいにもかかわらず、脳の配線がシンプルになっている可能性が示唆された。つまり、頭が良い人ほど脳に無駄な接続が少なく、より効率的に脳を働かせているという解釈が成り立つ。アインシュタインが言った、「自然は単純で美しい」。

そうじゃない。私は、私の脳の死んだ細胞がそのままで、ダメージを受けなかった脳神経細胞が新しいシステムを作り直すことの実証がほしいのだ。今、私の脳はその最中なのだ。

神経系の細胞は、情報伝達に関わる「神経細胞（ニューロン）」とそれを支え、神経細胞の90％を占める「グリア細胞（神経膠細胞）」から構成されているなどという、脳の組織と働きと研究の解説は、科学者（脳科学者、ドクター、医学生理学者、心理学者他）に任せて、脳卒中の後遺症で困っている患者の未来を支える側になれればいい。

発展途上国ではなく、先進国でもなく、進化発展途上人または先進途中人だと思う。それくらい、自分で自分自身を持ち上げないと、やってられない。

3▽拒否反応等はDNAの力？

恒常性維持機能（ホメオスタシス）は「周りの環境や状況が変わっても、体の状態を一定に保とうとする働き」だ。分かりやすく説明すると、雨が降っても、嵐がきても、湿度が上がっても、気温が下がっても、寝ていても、起きていても、元気な時も、落ち込んでいる時も、いつでも変わらず私たちの体を同じ状態に保つ働きのことである。

まず、「睡眠」は人が恒常性を保つ上で非常に重要と考えられる。睡眠中に、日中の活動で傷ついた細胞や骨などの修復が行われる。また、脳に溜まったストレスや疲労を回復させたり、記憶の整理などが行われる。こうして睡眠をとることで心身を健康な状態に保つのも、恒常性維持機能の働きによるものといえる。

人はなぜ眠るのかは完全に解明されていないが、恒常性維持機能が人を睡眠へと導くということははっきりとしている。人の体に備わったもう一つの生体システムである体内時計が、夜暗くなると睡眠へ誘う働きをする一方、恒常性維持機能は疲れ、怪我、病気などに反応して睡眠へと向かわせるという、サーカディアンリズムがある。


次は、治癒だ。人間が本来持つ生命力（自然に病気や怪我を治す力、免疫力も含む）そのもののことだ。一つ目は体の代謝や機能バランス、秩序を正常に保つ「恒常性維持力＝円滑運営」だ。二つ目は、傷んだり古くなったりした細胞を修復したり新品に交換したりする「自己再生力＝修復と再生」だ。三つ目は、病原菌など異物の侵入、変質した自己細胞を退治して体を守る「自己免疫力＝生体の防御」だ。

やはり、人間は恒常性維持機能を持っている（当たり前か）。相反する「拒否反応」と「恒常性維持機能」について、私の経験体験をもとに、「脳神経細胞の再生はない・障害は治らない・一度脳性麻痺になると一生リハビリをしなければならない」というセオリーをひっくり返す、そのＤＮＡの力を借りて元通りにする、これを見せる。

脳血管の中に血の塊がそのままあれば、普通は2年前の夏のように重い障害者で、特別施設での入院生活だと思う。しかし私は違う。２年前の夏から、しゃべることも（マックスは60％程度）、字も絵も（利き手の反対、私の場合利き手は右）思い出して、少しずつ文化人へアップデートしている。運動能力もいずれは戻ってくる。ただし、減価償却費の分は差し引いて計算する。脳の別の部位で、脳神経細胞の新しいシステムが作られようとしている。よって、ゼロからの建設になり、受精卵から脳の部品を作成するようなものだから、あと４年くらいはかかる。

私の場合、臓器の移植や輸血は免れたので、拒否反応を心配することはなかった。

4 ▽ 恒常性維持

治癒のための大きな要素の一つは「恒常性の維持」だ。もう一つ、脳神経細胞の働きの要素も恒常性の維持があると思う。自然治癒の３要素は、「恒常性の維持」「自己免疫力」

「自己再生力」だ。私は、これもＤＮＡの力だと思う、私見だが。

脳の神経細胞がいくつか死んでしまったら、どうすればいいのか？　多くの人たちが「戻らない」と、脳の再生はないと主張しているが、本当にそうなのか？

脳が傷ついた経験がないのに「ああだ、こうだ」と決めている人たちが多い。ここで、私は経験者として仮説を出す。これがそうだ。

自然治癒は脳以外の働き。脳の治癒も働いている。脳が求めている「恒常性の維持」がポイントになる。脳以外は自動的に治癒が機能する。これもＤＮＡの力。

脳の怪我は、脳の指示で「恒常性」を決めている。多くの患者は自らの意志で「ここが普通のところ」、要するに「あなたの脳が普通の状態であり、その状態を維持している」わけだ。あなたがちょうどいい状態が、普通の「恒常性の維持」になっている。意地の悪い言い方で言うと、その状態は指導者の主張であり、あなたの主張・意見である。

私の脳の「恒常性」、つまり「普通の状態」は、脳の細胞が死んでしまったから、再度「脳の細胞の機能器官の作成」に取り組んでいるのだと私は推測する。ゼロから作成しているから、時間がかかる。これもＤＮＡの力だ。やり方が違うだけで、本質は同じだ。

恒常性の維持について、簡単な実験を提案したい。私は実験群だ。私以外の脳卒中の後遺症の患者を統制群とする。DNAが判断する、脳が判断するのは、私たちの「生体」が「完全」なのか？　「不完全」なのか？

脳の障害ではない場合はどうか？　例えば、右手を骨折した場合は？　事実、私は数年前、天王小学校でミニバスケットボールをやって右手の人差し指を骨折した。右手は不完全、左手は完全の生体。不完全な右手の骨折を治して、「恒常性の維持」に努めるようになり、最終的に完治する。

恒常性の崩れが、DNAの判断で「治せ」という命令で、骨折の修理が遂行された。

では、脳の損傷の場合はどうなっているのか？　統制群の実験（というか事実？）では、私の仮説だが、例えば右半身の麻痺だったら、それが「自然」「無理がない」「調和」と傷ついた脳が判断し、「現状維持」という命令通りに動いて、科学的に「半身不随」が自然と判断している。これはこれで、恒常性が守られている。

では実験群の私の仮説は？　私の場合も右半身の麻痺とする。事実そうだ。左側の生体は異常なし。右半身の麻痺は、不完全で見苦しい。時間がかかるがパーフェクトな治癒しかいらない。すると、倒れてから1年半経って、脳に変化が出てきた。これが、不完全な脳が完全な脳になる「治癒」だと思った。結局、脳でも「治癒作用」が起こると確信できた。

時間はかかるが、「少しずつ確実に」回復する。場合によっては、再生ではなく別の発生あるいは進化と呼ぶ。２０２５年度中に感動的な「革命」を目撃できる。

5 ▽ DNAと可塑性とエピジェネティクス

「遺伝性疾患プラス」では、エピジェネティクスについてこのように述べている。

「エピジェネティクスとは、DNAの塩基配列を変えずに細胞が遺伝子の働きを制御する仕組みを研究する学問です。「エピ」はギリシャ語で「上」を意味し、「エピジェネティック」は遺伝暗号を超えた要因を意味します。エピジェネティックな変化とは、遺伝子のオン、オフを制御するためにDNAに起こる化学的な修飾となります。これらの修飾はDNAに対して起こるものの、DNAを構成している塩基配列を変えることはありません。細胞内のDNA全体（ゲノム）の中で、遺伝子の活動（発現）を制御する修飾のすべてをまとめてエピゲノムと呼んでいます。エピジェネティックな変化は、遺伝子のオン、オフを決定するため、細胞内のタンパク質の合成に影響を与えています。この制御により各細胞はその機能に必要なタンパク質のみを合成することができます。例えば、骨の成長を促進するタンパク質は、筋肉細胞では作られません。エピジェネティックな変化のパターンは、個人ごとに、同じ個人の中でも組織ごとに、さらには同じ組織の中でも細胞ごとに異なっています。また、食生活や汚染物質への暴露などの環境的な要因も、エピゲノムに影響を与えます。エピジェネティックな修飾は、細胞の分裂に伴って細胞から細胞へと保たれることがあり、場合によっては世代を超えて継承されることもあります」

（遺伝性患者プラス『エピジェネティクスとは？』２０２１年）

「脳の神経細胞、ニューロンは新生しない」というこの原則に基づけば、大人はそれ以上成長できない。例えば、大人になってから、音楽の道に進みたいとしても、それは無理であり、遺伝子より環境に従う。こうした脳の柔軟性、大人になっても変化し続ける能力は、現在では脳の可塑性として知られている。可塑《かそ》とは、粘土のように柔軟に形を変えることを意味している。

近年では、この脳の可塑性によって、例えば視覚を失った人の場合、視覚野が他の感覚の処理に協力して普通の人より鋭敏な聴覚や触覚が作られるなど、脳の各部分が柔軟に役割を変化させ、互いに補い合っていることが発見されているが、私の解釈はちょっと違う。ＤＮＡの情報を、細胞が自ら判断し、どこでどう修理し、完璧に完成させるか。まあ、希望は高い。要は「勉強学習研究好き」が脳の人格だ。大人の脳は、決して水分を失った固い粘土のようなものではなく、死ぬまで変化し続け、成長し続けて、大人になってから脳は変化しないどころか、たとえ老人になっても新しいことを学び続ける力を持っているのだ（ただ、リハビリや機能訓練の抵抗勢力や「至れり尽くせり」の接待、関心はないが干渉はする、ではまずい）。確かなのは、人間の遺伝子は、数学的なプログラミングのようなものではないということだ。プログラミングの世界では、必ず記述したコード通りの結果が出力される。しかし、人間の遺伝子は、より柔軟な性質を持っている。

では、もう一つ、ゲノムの人格だ。

「模倣は学習の手本なり」。何かの才能には、あまりにも多くの要素が関係していて、誰もが自分の個性を探り出すことができる。人間の遺伝子は、環境や経験によって、読み取られる方法がさまざまに変化し、事実上無限の多様性を生み出す余地がある。神はサイコロを振らない！　ちなみに、桜のＤＮＡは全部コピーだ。

私が出した結論は、「私の脳神経の細胞はより強く逞しく賢く美しく、そしてしなやかに（resilience レジリエンス）生き返る」。

6 ▽ 先天性と後天性

障害者対策の基本的理念を示す法律「障害者基本法」では、障害者の定義を「身体障害、知的障害、または精神障害があるため長期にわたり日常生活、または社会生活に相当な制限を受ける者」としている。ここでは私の全く個人的な視点と発想から、先天性と後天性の脳の病気について考えることにしよう。先天性の病気として、ＡＬＳ（筋萎縮性側索硬化症）、筋ジストロフィー、パーキンソン病等を1つのグループにする。後天性の脳の病気として、脳出血、脳梗塞、くも膜下出血、脳腫瘍をもう1つのグループとする。

ＡＬＳ（筋萎縮性側索硬化症）患者の国会議員がいたし、筋ジストロフィーの患者は時々小学校にもいた。あるリハビリの利用者のご主人がパーキンソン病で亡くなっている。これらについて素人の私は「脳の欠陥」「ＤＮＡのコピーミス」という認識だ。

簡単に言うと遺伝子、ＤＮＡ異常。プログラムのエラー。これらの発病を私は「負のスイッチ」と呼ぶ。このスイッチがオンになると、脳の病気がスタートする。まるで時限爆弾みたいなものだ。今の医学では完全な治療は不可能だ。

これがゲノムで見つかると、再生手術で治るかもしれない。ＤＮＡの1か所でコピーミスが出て、そこからプログラムのミスの影響が全体に出てくる。この負のスイッチをオフにしておけばいい。これも、エピジェネティクスだと思う。負のエピジェネティクスだ。ゲノムのプログラムミスが見つかるといいと思う。

脳の難病の多くは、ＤＮＡのプログラムエラーでスイッチが入るのだろうか？　脳の病気ではないが、がんもＤＮＡのプログラムエラーで生まれた負の細胞だ。永遠の寿命を持つ細胞ががん細胞だ。そう考えると病気も怪我もＤＮＡの影響が大きい。プラスで働けば治り、マイナスに働けば悪い病気になり、プラスマイナス０になると何も起こらない。

ちょっとだけ話を脇に逸らす。かつて日本の公害病で大きな悲劇を生んだ、イタイイタイ病と水俣病を思い出してみれば、病気の経過が分かる。最初の被害者はカドミウムやメチル水銀を気づかずに摂取している。時限爆弾が動く。脳をやられる。手を打つことができない。水質汚濁が原因。カドミウムは浄水場で、水俣病のメチル水銀は魚の中で猛毒になる。

で、今度は自称後天性疾患を患う私が脳の続きを説明したい。

再度、脳の病気も怪我も、ＤＮＡがプラスに働けば治り（マイナスに働けば……これはないと思うが）、プラスマイナス０になると何も起こらない。

脳卒中の後遺症による障害が治るか治らないか、ＤＮＡとリハビリの関係から考えてみよう。

私が「後天性の障害で苦労している」ことを説明する。脳出血、脳梗塞、くも膜下出血、脳腫瘍で死ぬか助かるかが1ステージになるが、ここは本人と医師に任せる。その後の第2ステージがメインだ。脳卒中とDNAのプログラムミスとは関係ない。DNAが働いてくれると、その後の障害に「修理」という作業が入ってくる。そう、ここでDNAの仕事になるのだ。DNAがプラスに働けば（脳波、兆し、前兆という人間の力、ポテンシャル、可能性、潜在的なパワーだと私は思う）、脳が脳を治す。脳は自然治癒するものではなく、意志の力が必要なのだ。思う、考える、学習するが、エネルギーになる。私の修理場所は、ダメになった血管の近くのところで、そこで細胞が分裂を繰り返し増加していると感じている。分裂増加している。

脳のある修理の場所だけオンにして、後はオフにしている。このDNAの働きをエピジェネティクスといい、DNAで創る治すはオン（プラス）、何も起きない場合はオフとなる（プラスマイナス0）。

DNAの働きがプラスマイナス0なら、患者の麻痺した筋肉が硬直化してしまう。時間が味方になればプラスになり、筋肉が動くようになりプラスマイナス0だと何も起きない、結果的に。

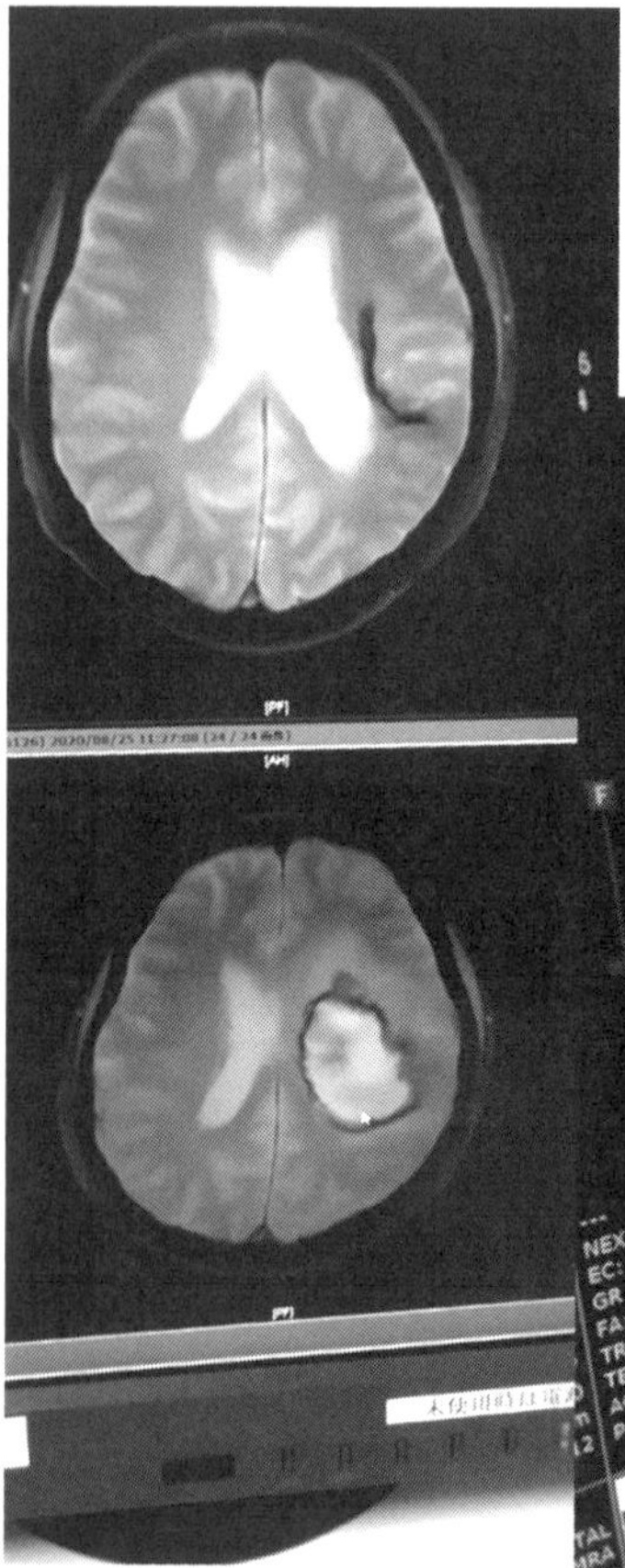

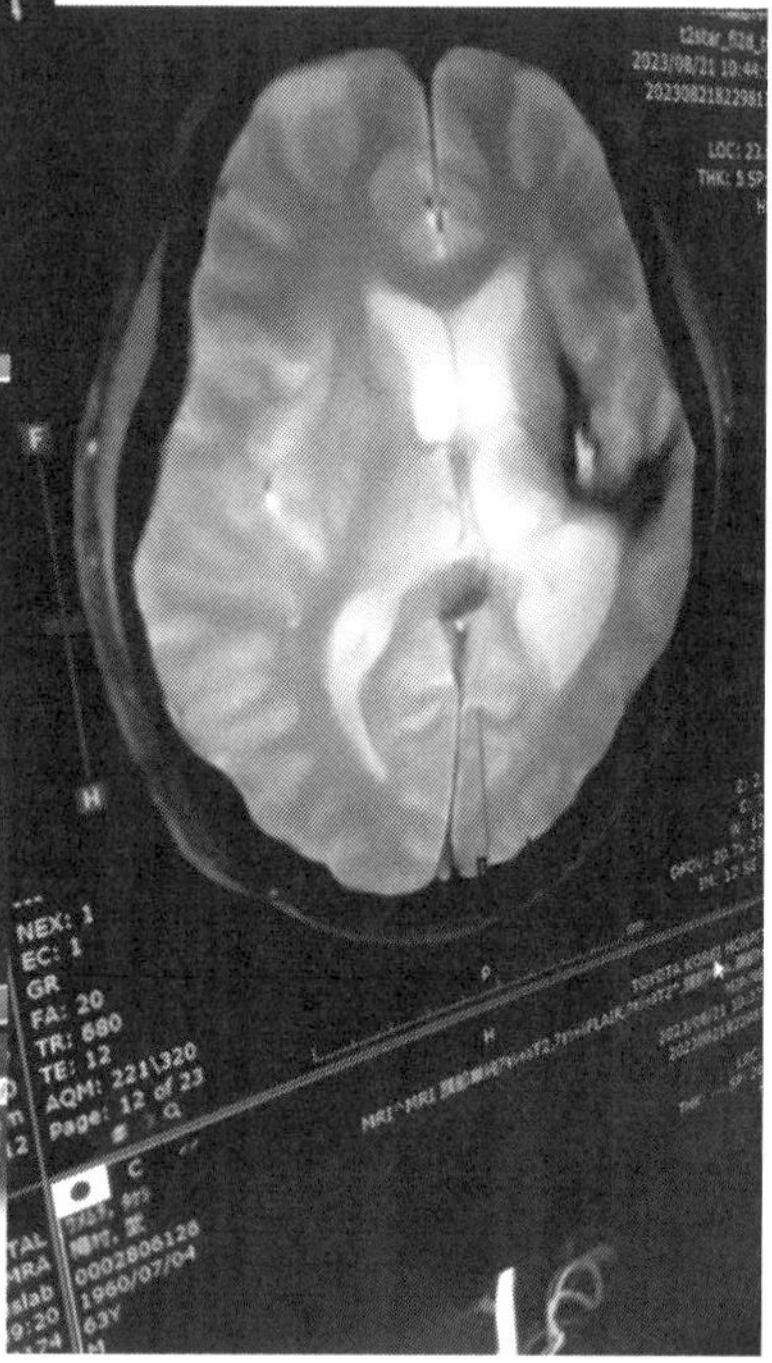

左上：2021年8月26日
左下：2020年7月26日
右　：2023年8月21日

ＤＮＡを思い出してみればいい。1月1日に、一つの卵子の核と精子の核が出会うと、合体して一つの受精卵ができ、すぐに受精卵の細胞は２つ、４つ、８つと倍々に細胞分裂する。受精卵の細胞の核には、人の設計図となる遺伝子が入っていて、その細胞では、分裂するたびに同じ遺伝子が複製され、最終的には60兆もの同じ遺伝子を持つ細胞になる。10か月と10日後、２００種類以上60兆もの細胞が一つの生命体になり、人間の赤ちゃんとして誕生する。一人歩きまで約1年から2年。手の動きをマスターする期間は個人差はあるが、生まれてから3年から4年だ。

分かるだろうか？　時間がかかる。まあ、ＤＮＡの力を利用すれば大きく改善すると思う。

誰を信用すればいいか？　私は……私。

7 ▽ 合言葉？

合言葉。３つの、または４つの言葉など、教員の時から好きだった。２０２０年度に倒れる前は3年生の社会科の授業を受け持っていたが、子どもたちに、よく社会科と理科の比較を話していた。

「理科は事実真実を勉強するが、社会科は約束事を勉強する」。子どもは「どっちがいいの？」と聞いた。「ためになるのは理科、豊かになるのは社会科で、同じくらい大切だ。私は理科の方が好きだが……」と。夏に倒れてしまって、申し訳ない、面目ない。よく健康が大切と言い聞かせ、私も気をつけていたはずなのに……。

健康について、ＷＨＯは、「健康とは、肉体的、精神的及び社会的に完全に良好な状態であり、単に疾病又は病弱の存在しないことではない」と定義している。つまり病気がないことが健康というわけではなく、「心・体・人間関係」が３つともに良好な状態が健康であるということだ。私は「心」が乱れていたということで、反省反省だ。

仕事のポイントはたくさんある。教育なら「知徳体」で、私が好きな活動は部活だった。「心技体」、これは大好きだ。一番熱を入れていたのは、中学校の卓球部の指導だった。当時は手当がゼロで（４％の教職調整額はある）、ボランティア活動の花形だが、私の女房や子どもたちの多大な犠牲の上で成り立っていた。それでも「分かってはいるけどやめられない」状態だった。卓球部の合言葉は「勝つ卓球」か「負けない卓球」で、そのどちらかを選び、「考える卓球」をしろと言った。本当に熱い時間だった。

若い時代は、中山小学校の水泳部の指導をしていたが、超尊敬する奥村公朗先生から「水泳の掛け声」を教えていただいた。子どもたちが全員オリンピック選手になるわけではないが、一人一人目標目的を決めて努力する意義を学んだ。その中で、フリーなら「(ハイエルボーで)美しく」、ブレストなら「伸びろ」になる。私の子どもたちの水泳の練習にも生きた。

南中のソフトテニス部の合言葉も、テニスの言葉からもらった。部活と勉強など生活全般を両立して、その合言葉を「これがソフトテニス部の4Cプラス1Cだ。『Control(制球)、Combination(連携)、Concentration(集中)、Confidence(自信)、そしてCompliance(遵法)』」とした。これも好きだった。

趣味で練習したのが、70年代後半から80年代、90年代のハードロックのギターだ。このこだわりは、ヘビーメタルではなくハードロックで、私なりに区別している。まあ、二つとも大好きだが。音楽の3要素は、「リズム、メロディー、ハーモニー」だ。ハードロックのギターは「チョーキング、ビブラート、(早弾き、ハンマリング、プルなどの)テクニック」が3要素らしい。独学だから限界がある。手は2本使いたい。

では、死にそうになった私が伝えたい最重要な情報はこれだ。

自然治癒の3要素は、「恒常性の維持」「自己免疫力」「自己再生力」だ。そして脳の損傷（脳卒中の後遺症で脳細胞を殺した後どうするか？）を治すにはもう一つ要素がある。「恒常性の維持・自己免疫力・自己再生力」プラス「意志」の4つだ。隠れたプログラムなので苦労するが、皆さんが同じ障害なら、治して第2の人生を送っていただきたい。

第2章

やり直す人生と
それを許さない空気

1▽社会科の教員でよかった

最近、「憲法を考える」「法の支配」の論説がマスコミ等で発表されている。実際に、マスコミ等も「強い立場の味方」になることもある。まずは、お金になる記事だから。それでも、日本は民主的だから、正義の味方になってほしいと思う。それに私は元教師だったから、子どもたちの味方になる記事を出してほしい。

脳卒中の重い後遺症で、第2の人生を「障害者」としてリスタートした。それでも、世の中には価値の高い、深いものが多い。憲法や法律の勉強、政治経済、倫理宗教も好きで、死ななくてよかったといつも思う。その中で、よく登場するのが、自由と平等だ。社会科の授業で、「自由や平等より尊いものがある」と討論したこともある。社会科の授業もそうだが、道徳のモラルジレンマも似ている。

分け隔たりなく全てが等しいことを平等という。扱いが同じということである。不平不満が出ないように政治的観念が広まって現代に至る。全て同じく等しい状態は幸せなことだが、資本主義の世界ではさまざまな場面で差が生まれてしまうのも事実である。

複数の人の考えや動きに偏りが出ないようにすることを公平という。判断や言動に偏りがなく扱いを平等にすることが、公平が意味するポイントになりえる。公平とは、２つ以上の対象が必要となり、偏りがないことに重きを置き、状況や環境、その人の能力なども考慮される。

公正とは平等で偏りがないことをいい、ＡとＢの双方に少しでも偏りがあれば公正とはいえない。個々の状況の差がない状態を平等というが、公正は関わる全ての人全員が同じような結果を得られるように対処することが求められる。一人でも違うと思ったらそれは公正にはならない。平等で偏りがないように対処することが求められる。公正とは、個々の扱い方に関しての認識で、不正やインチキがないこと、正しさに重きを置いている。

スポーツ選手の精神は、政治家の覚悟は、どうだろう？　野球の甲子園大会は？　政治家の選挙は？　とても、良い話題だ。ところが、どこかの権力者が現れると、平等公平公正が飛んでしまう。

自由も、二人以上の複数、集団がいて、自由がある。一人では自由も存在しない。無人島で一人ボッチなら、自由も平等もありえない。では、自由や平等より、重い深い価値は？　私は思う、「公共の福祉」だと。ただ、権力者がいると、「公共の福祉」も蔑ろにされてしまう。国際法も、法律も、正義も、優しさも消えて、「強い」価値だけが残る。

されど、教育者の端くれらしく、言いたいことを言う。一度死にそうになったから。少し、悩んでいることを言う。

倒れる前の教育者の世界だ。職場は民主的ではない。はっきり言える。校長が大きな権限を持っていて、学校運営や学校経営等を合理的に回すことが期待されている。ポリシーはトップダウン型でもボトムアップ型でもよい。職員の持ち味を発揮すれば、多少のトラブルがあってもチームワークで乗りきれる。校長が、誤解というか、自分の力で何でもできるという自信過剰、「俺は法律だ」的な意識になると、問題点が出てくる。60歳を待たず職員が退職したり、突然転出希望や市外の別種類の学校への希望を出したり、最悪な場合、精神に病を抱えたり自殺をしたりする。トップに問題があるとどこでも起きる。

誰にも、自由があり、上下の関係もある。部下は校長の所有物ではないし、勤務時間も決まっている。どうしてもやらなければならないなら、優先順位を決め（そこは平等や公平公正を勉強する）、合理的に建設的に処理しよう。

子どもたちの自由や平等の意識も勉強したい。「自由」「自由」とやりたいことがバラバラで困っている場合は、「公共の福祉」を優先する。「掃除」も「やりたくない宿題」も、高いモラルマナーで自分を磨く手段でこなせる。自分一人の生活ではない。自分の意見を言い、他人の意見も聞く、言えなかったら書く。一人一人は大切だが、意見を全部採用するわけではなく、そこは「公共の福祉」を優先する。電車と自動車なら、電車優先になる。学習すれば、すてきな集団になる。

倒れた後の世界も、「公共の福祉」でやれる。私の生活しているリハビリとデイサービスの機能訓練も同じだ。今の「自由と平等」を満喫する努力をしている。退院した頃は、コミュニケーションができなかったが（言葉、発音、文字全て失ったが）、今は言葉も文字も復活して、リハビリや機能訓練において、私に対する療法士らの指示や命令がゼロになり、わりと快適にやっている。他人には迷惑をかけないように。メニューを選ぶが「自由や平等」になり、まわりに迷惑をかけないのが「公共の福祉」だ。ただ、同じ施設でリハビリやデイサービスの機能訓練を受けている認知症の患者や参加者は、言いたいことを言ったり、やりたいやりたくないなどと言ったりして、「公共の福祉」を指導されていない。この方針は嫌いだが……。「良いことは褒め認め、良くないことは注意し反省する」でよくない？　でも、意見を言うことはよい。我慢して、また脳卒中にならないように気をつけよう。

2▽太平洋戦争の根性論とリハビリの指導者のやる気の奨励

縦のコミュニケーションはあるが、横のコミュニケーションはあまりない。お役所の仕事と揶揄されている。市役所や事務所の悪い癖といわれる。一般的に、教育委員会には学校教育課と教育行政課がある。競っても、足を引っ張ることがないように皆努力している。「協働」を多くし、レベルが同じくらいなら「可」だ。

では、脳神経のリハビリはどうだ？　医学のレベルは同じか？

かたや医師の技量・実力・仕事の責任と緊張感、命が縮まる。特に脳神経外科の医師はレベルが高い。一方、治療手術が終わった後、リハビリという仕事を担当する療法士・言語聴覚士は、同じ病院で、医師の仕事に負けないように、患者の信頼をもらえるといい。

今、脳の医療の技術がすごいスピードで進んでいる。ゲノムやＤＮＡの力が明らかになっている。例えば、「脳の可塑性とエピジェネティクス」。

人の才能は遺伝子で決まるわけではない――可塑性、自由意志、エピジェネティクスの発見で、脳は個性が強く広く深いことが分かった。知識情報の量と質、「医師・医者・医学者・ドクター」と「理学療法士（ＰＴ）・作業療法士（ＯＴ）・言語聴覚士（ＳＴ）」の両者の仕事の量と質は、互角か？　あまりにも差が大きく、医療の知識情報についていけないのでは困る。

なぜなら、「障害者の障害は治らない」という固定観念を持っている高飛車なＰＴ、ＯＴ、ＳＴのご指導なら遠慮したい。

私と医師は、脳について会話ができる。去年はまだ不十分な会話だが、今年は話題の上で負けない。ＰＴ、ＯＴ、ＳＴは、私の脳の能力等が話題になっているのに、脳について全く勉強学習していない。

役所の仕事の欠点は「縦重点」で横のコミュニケーションはあまりないことだ。医療とリハビリのコミュニケーションには、「縦」も「横」もないように思う。だいたい、生物学医学生理学の知識情報でも、ゲノムといったら、療法士が「知らない」「聞いたことがない」が普通。びっくりだ。学校という世界では、「歌はやるが楽器はやらない」音楽科の先生、「分数はやるが小数はやらない」算数数学科の先生が存在するだろうか？　いるわけがない。仕事に誇りを持つ、そんなプロに会いたい。だって、私は脳神経のリハビリに取り組んでいるのだから。

ところで、太平洋戦争の話をしよう。『昭和史七つの謎と七大事件　戦争、軍隊、官僚、そして日本人』（保阪正康著、角川新書、２０２０年）では、次のように述べられていた。「東條英機は昭和16年12月８日の開戦の時に、この国難を国民は一致団結で乗り越え、とにかく勝利のときまで戦い続けるであろう、そういう皇国の精神を私は信じている、ということで戦争指導に当たったと自負している。「無気魂」な、つまりこんなに弱い、根性のない国民だと思わなかった」

根性論は分かる。リハビリの指導やデイサービスの機能訓練の指導を担当する療法士らの気持ちは分かる。やる気が大切だ。

いいのか？

沖縄では子どもが竹槍や石を持って突っ込む。相手はアメリカ軍の手榴弾やマシンガン。勝てるわけない。根性論の前に、物理的な思考がいる。命を無駄にすることは悲しい。脳の不思議なパワー、ポテンシャルを持つ脳、スポーツでは「心技体」、教育界では「知徳体」がある。できるだけ、勉強学習して一生懸命リハビリし、最後の最後にはやはり「根性論」「やる気」「モティベーション」が来る。

真っ先に、「やれー、立て、歩け」。順番が違うのでは？　根性論は悪くないが、何か違う。太平洋戦争の東條英機とリハビリ指導の長老の療法士、イメージがかぶる。

P．S．2023年3月31日に放送された朝ドラ（最高で私もファンだ）の『舞いあがれ！』で、最後の方、主人公の舞の祖母である才津祥子は、登場するたびに脳卒中の後遺症の障害が重くなる。これこそ、偏見の塊だ。良くなった人がいてもいいのでは？

3 ▽ 教育とリハビリ、学校と機能訓練

良いものは良い、悪いものは悪い。普遍的な価値があるものは、次の通り学校の道徳等で指導する。私は重々授業で生活全般で研修した。適当に紹介する。

優しさ・根性・努力・あきらめない心・世界の平和を願う心・動植物に対して優しい・誰に対しても平等に接する・いい人・人間ができている、などなどだ。

これらは全て、道徳的価値で、この希望と勇気、努力と強い意志、友情・信頼、国際理解・国際親善、生命の尊さ、感動・畏敬の念といい、これらは全て、「内容項目」だ。難しいことは言わず、「他人に迷惑をかけない」「決まりを守れ」「食べ物を粗末にするな」「他人のものを勝手に〇〇するな！」「生きろ」「あなたの自由と権利は、公共の福祉に反しないならやってもいいよ」等々。

日本人全員が学んだはず。間違ったら、謝り、反省し、次チャレンジすればいい。私のように、脳神経の細胞が死んでしまったら、修理すればいい。

リハビリの、デイサービス（機能訓練も）の世界の参加者の指導モットーは……。

全て受け入れる。良いことも悪いことも。やりたくないならそれでいい。本人の価値観で頑張ればいい、そうだ。食べ物を粗末にしても、そのまま。やりたいことがあれば、ルールを守って（これ最低の約束）自分でやればいいのに、至れり尽くせり、他人がやってくれる。女性にセクハラをしても、「認知症だから」。勉強道具を乱雑にすれば、「年だから」。オリジナルの絵や作文・韻文（短歌・俳句・詩など）は「無理だから」ダメで、ぬり絵はＯＫ、「障害者だから」ｅｔｃ。

誰の方針？　トップは？　療法士のトップの方針？　営業が第一で、参加者の価値はその後？　矛盾の雨嵐。どこかで詰まる。両方の世界を知ってしまった。

４▽一時的に記憶から消えた脳のサンプル

脳卒中で死にそうになったが何とか生きていた。その脳卒中からの約2か月くらい強烈な記憶がある。自慢ではないが、凄い経験だ。半身不随の障害は珍しくないが、「丁寧な表現の描写」は貴重な資料である。私の重い右半身麻痺は絶対理解できないが、脳には未開の能力があると思う。

私の場合は「右手や右足が、記憶から、感覚から、ない」、そんな感じだ。「忘れる」ではなく「ない」だ。記憶から消える?ような印象だ。複雑で右のものがない。

それでも、世の中のために、資料に残している。どう利用するかは、その人次第だ。不安もあるが、役に立てれば幸せだ。

脳の病気は辛い。脳卒中の後遺症で精神的に参ってしまい、冷静な判断力記憶力などを失ってしまえばまともな生活ができるわけがない。病気ならまだしも、脳の細胞のいくつかを失っているのに、私もだけど、患者の多くは不自由なことだらけだ。フォローしてくれる人がいればいいが、その仕事をしている職種はカウンセラーぐらいだが……、それもねえ……。

私のＭＲＩを見るとさらに感動するに違いない。「何でこんなにぐちゃぐちゃになったグロテスクな脳の血の塊があるのに生きているんだ」と。

第3章

人間になりたい

1 ▽ 普遍的なことがある

健常者も障害者も、法律のように従うべきことがある。命を大切にする、他の人たちに迷惑をかけない、できるだけ自然を、環境を守ることも同様だ。

モラルやエチケットのマナーを破っても、法律では罰せられないが、当然「守らなければならない」ことだ。脳卒中になったが、人間らしく、誇りを持ち生きたい。

時間や場所によって、人によって、場合によって、状況によって、「やらなくてもいい」ではなく、「やる」「努力する」を、「強制的」または「普遍的」という。

私の人生でショックを受けたことは、脳の血管が切れて、命を落とすピンチになったことだ。そこで命を拾ったのは、人間への神様の使命のためと思った。

私たちは生きるために、他の命を殺し食べる。その普遍的な感情は「感謝」だ。食べ物を大切にする。無駄な殺生はいけない。

「考えることができない」「年寄りだから」「脳卒中の後遺症だから」「認知症だから」ｅｔｃ。許されない。屁理屈だ。嫌いな食べ物なら、初めから減らせばいい。無理に食べてもいいが、残すならもらわない。甘えやわがままは、障害とは違う。

食べること、食べ物に、感謝する。これって、普遍的な価値ではないか？

あなたは、食べ物の命をどう思っているのか？　私たちが生きるためにくれた小さい命、粗末にしてもいいのか？

あるリハビリの入院棟のルームメイトは、米の一粒さえも食べない。家族の差し入れだけ食べる。なぜ？「マズイ」からだという。ある入院棟の患者の昼食の食べ方は、勝手に好きなものだけ食べ、後は知らん顔。食べ残しは、どこに行く？　そのために「献立表」がある。狂う！

再度。健常者も障害者も、法律のように従うべきことがある。命を大切にする、他の人たちに迷惑をかけない、できるだけ自然を、環境を守ることも同様だ。

モラルやエチケットのマナーを破っても、法律では罰せられないが、当然「守らなければならない」ことだ。脳卒中になったが、人間らしく、誇りを持ち生きたい。

2 ▽ 経験者は語る

脳卒中になっても、死んだら絶対ダメだ。もう一つ、死ななかったからといってそれがセーフではない。障害が残っていても絶対ダメ。私のこだわりで、私の主義主張であり、他の障害者のモットー思想はそれでいい。あくまでも、私一人の問題だ。**いつも書くが、私のやり方で、他の障害者の自由や権利を制限したり、迷惑をかけたりしないように配慮する、している自信はある。それも私の都合だ。**（＊注）

では、なぜ脳卒中の後遺症を完璧に治すのか？ 死ななかったら、それでよいのか？ いやいや、絶対ダメだ。障害が残っていたら、私は私を絶対許せない。なぜか？

人間として認められない。いや、人間として認めたくない人種が、あそこにも、そこにも、ここにも、存在している。自分も嫌だし、また健常者に戻りたい。

結論。自分を認めさせる唯一の方法は、倒れる前の自分を取り戻すことしかない。科学的なら「脳神経の細胞の再生産」で、経済学なら「拡大再生産」で「減価償却分を計算して」だ。

脳卒中の後遺症は「脳細胞を殺してしまうこと」であり、直接的な原因は「血管が切れて脳に血液が届かなくなり、酸素の供給不足で細胞を死なせてしまうこと」だ。脳細胞の復活については……、私は今最中だが、経験があってもそうではない患者もいる。でも、私は復活する、絶対に。

１００％のリハビリ、１００％の復活。さらに言うなら、何もかも取り戻し、奪われたものを「倍返し」する。

蛇足だが、リハビリを指導する療法士・言語聴覚士らの、機能訓練指導員らの、その他の人たちの生き方や人生と根本的に違うのだ。私は欲張りでわがままな積極的な患者なのだができる、ＤＮＡの設計図にプログラムされているからこそできるのだ。

＊注　緊急手術を受け2か所の病院等で半年入院生活、その後現在までリハビリとデイサービス生活。決定的に変わっているところがある。私の入退院時にリハビリを担当した一部の療法士らの「高飛車な命令形」、患者に「奴隷のような服従を求める」態度が今は消えて、彼らは私を「宇宙人」「妖怪」と呼んで噂をしている。障害者でも成長するし進化する。

3▽インフォームド・コンセント

私が生活してきた教育の現場では、カウンセリングが行われている。費用は、学校の予算から支給される。保護者や子どもたちの費用は学校予算から出るので、無料だ。予約は必要だ。管理する側がカウンセラーで、管理される側がクライアントといい、カウンセリングを利用する人たちだ。心理カウンセラーは資格があり、専門の勉強が必要だ。私は愛知教育大学の心理学教室出身で、資格はないが一応勉強はした。まさか、こんな状況で再び学ぶことになるとは……。

何度も何度も、生徒指導主事の研修会で念を押された。カウンセリングは「非日常の場面」だと。日常生活における人間関係とは異なるのだ。また、カウンセリングでは、クライアントからカウンセラー自身や他のスタッフのことを聞かれる場合があるが、個人的な情報を教えることは、決してない。ただ、学校のカウンセラーは例外かと思った、経験上。

あと、クライアント自身の個人情報はもちろん、カウンセラーや他のスタッフの個人情報についても守秘義務がある。カウンセリングルームの他にも、福祉施設やクリニック、集会場などで行われる。「ラポール」という名前がついている集会場もある。きっとそこには「友好な人間関係を築きたい」という名付けの願いがあるのかもしれない。

医師と患者、カウンセラーとクライアント、どちらも「○○関係」がある。

私たちも、教師として、多くの子どもたち、保護者、地域の人たちと○○関係を築いてきた。部活では、教師より、顧問・監督・コーチ・先生・指導者と選手・プレイヤー・芸術家の卵などとの間に「○○関係」を築いてきた。時には、師弟愛という愛情も。関係ないが、教師と生徒、教師と生徒の親（ちなみに親子には障害があった）が、禁じられた愛で？結婚した夫婦もいて、多くの例を見た。

この○○は、信頼、信用、尊敬、愛情あるいは羨望など、プラスの関係でなければいけない。時々、「管理」という言葉も少しは現れる。

また、学校カウンセラーとのトラブルも多々あった。

いくつもあったが、最も頭が痛かった事例は、南中の生徒指導主事の頃の苦い思い出だ。男性のSさんというスクールカウンセラーと学校とのトラブルだ。当時彼は、南中と北中の２校と掛け持ちの契約をしていた。手当は「時給」６０００~７０００円の契約だった。それから、20年ほど経験し、スクールカウンセラーの評価（採用して○、アウト、穴、即クビ等）が、1か月経てば分かるようになった。この評価をするのは管理職でいい。

そのSさんだが、優しい性格だったが、悪い癖があった。遅刻、ダブルブッキング、約束を忘れる等、これには困った。ひどい時には、「同じ時間に別々の保護者の予約を入れて、肝心の本人は学校にいない」。これには参った。

今では、笑いごとだが。

最後に、今の私の生活だが……。私のポジションは、あるリハビリとあるデイサービスを利用する障害のある患者だ。まず、「療法士・言語聴覚士・機能訓練指導員ら」と「私以外の患者障害者・高齢者・認知症患者その他」との関係は？

一つだけは分かる。管理する側と管理される側という関係だ。それ以外の関係は、経験がないので、分からない。

では、私の場合は？　2年とちょっとの経験で、紆余曲折を経て出た結論が「管理したい側」と「ほっといてほしい側」の関係だろうか？　私の頑固でわがままな面が出てしまう。なぜか？　アインシュタインが言ったように、「何かを学ぶために自分で体験する以上にいい方法はない」からだ。

私の復活はＤＮＡの力をもらって、元に戻す。療法士・言語聴覚士・機能訓練指導員らの世話にはならない。

本来は、「医師と患者の関係で信頼やインフォームド・コンセント」「カウンセラーとクライアントのラポール」「教師と生徒のプラスの関係」など、望ましい関係が存在するが、私のリハビリと機能訓練の世界には、寂しい結果だけしかない。孤独な戦いだろう。

4▽順番や優先順位が違う

今、話題になっている部活。プロや高校の部活、運動系芸術系、何でも練習が必要だ。

私は、プロや高校生を指導したことがないが、小中学生への指導についてはお釣りがくるほど経験がある。脳の血管がブチ切れて、今は教員を仮引退の退職だ。現役の時は、部活が超好きだった。

中学校では卓球部とソフトテニス部の顧問を、小学校ではミニバスケットボール・水泳・陸上を指導した。

子どもたちに対しても、練習は、できるだけ科学的な練習方法を組んでいた。指導力がある指導者がいれば、すぐそこに行き、教えを請うた。

もちろん、子どもたちに対して、心の重要性については言う、伝える、教える。「やる気」も「気合い」も必要だ。とても大切なのは、心だけや、気持ちだけでは、空回りになってしまうということだ。

勝つことも大切だが、立派な人間になることも大切、いや最も大切なことだと思う。科学的な練習方法、体力、技術力（基本が面白くない場合も）、精神力、どれも欠くことができないものだ。ただ、順番を間違えないように。「気合い」だけでは、辛い。

私の生活している舞台（？）は、多くが脳卒中の後遺症のリハビリ施設だ。私は2020年の夏、脳の血管が切れ、多くの脳神経の細胞を殺してしまった。

今度は、私が指導される方になった。重い障害で、ゴミのように扱われる。左手の前腕と左足の膝先のみ動き、言葉も発音も文字も、何もかも失った。

現役時代は、スポーツを指導する側。倒れてから、リハビリを指導される側、だった。最後は、「指導される」ではなく、「自分でやる」になった。

5 ▽ ぬり絵

悪意があってもなくても、善意があってもなくても、管理する側に嬉しいツールがある。国会議員の杉田水脈氏の意見で「ＬＧＢＴのカップルのために税金を使うことに賛同が得られるものでしょうか。彼ら彼女らは子どもを作らない、つまり『生産性』がないのです」という内容があった。「子どもをもうける」その1点だけでは、「生産性はない」、これには一理ある。ただし、人を傷つけたらアウトだ。

では、リハビリやデイサービスの機能訓練で「生産性がない」、もしくは「生産性が低い」はどうか？

私の持論はイエスだ。障害がある患者、認知症患者、後期高齢者など、脳の機能訓練でぬり絵が大きな効果を見せたことはない。「学習効果が上がった」「絵画のオリジナルの価値を、資質を伸ばした」という噂を聞いたことはなく、また彼らが素晴らしい芸術を見せたこともない。

「落ち着いて管理する」という目的は、管理する側なら大変素晴らしい。療法士、言語聴覚士、機能訓練指導員という管理する側の目的なら合格◎だ。

では、なぜ、障害がある患者、認知症患者、後期高齢者などに対して、ぬり絵が脳の機能訓練で大きな効果を出すツール、いわゆる「学習効果を見せた」「絵画にオリジナルの価値を資質を伸ばした」というツールにならないのか。

簡単だ。

向上心、好奇心、求道心、工夫心などプラスにならない。刺激もなくなる。障害がある患者、認知症患者、後期高齢者などの作品に、誰も関心がなく、魅力もほぼゼロだ。療法士、言語聴覚士、機能訓練指導者という管理する側の人たちは、障害がある患者、認知症患者、後期高齢者などの作品が、ほしいだろうか？

「自己満足」という価値ならある。「自己満足」という事実さえも理解していないなら「生産性はない」となる。厳しい。

学校の現職研修で学んだ。対象は教員だが……。

6 ▽ 徳を積む

利き手ではない左手で描いた絵と手紙をあげている。ファンも10〜15人いる。毎月1枚のペースで書（描）いている。

○○様へ

こんにちは。今回は、梅の季節の短歌を2つ紹介します。菅原道真と源実朝です。菅原道真が活躍したのは平安時代です。エピソードはあまりにも多く、勉学意欲の塊ですね。菅原道真の時代は、もう仮名文字（ひらがなカタカナ）はポピュラーな文字でした。

では、なぜ「梅」の短歌の読み方が特定されていないのか？

「東風吹かば　にほひをこせよ　梅花　主なしとて　春を忘るな」

「東風ふかば　にほひをこせよ　梅の花　あるじなしとて　春なわすれそ」

それはね、「『仮名文字』は、女子どもの遊び」と言って使わなかったんですよ。だから、「読み」が複数出てくるのですよ。

もう一つ、彼の「百人一首」の短歌は、秋の作品です。

「このたびは　幣《ぬさ》も取りあへず　手向山　紅葉の錦　神のまにまに」

この作者「菅家」は尊称で、学問の神様・菅原道真のことです。

簡単に解説すると、菅原道真は学者の家に生まれ、35歳の若さで最高の権威・文章博士《もんじょうはかせ》となり、54歳の８９９（昌泰２）年には右大臣にまで出世します。

しかし陰謀により九州・太宰府に流され、59歳で没しました。現在は学問の神様として日本中の太宰府天満宮に祀られていますね。岡崎市の岩津にも！

次は、源実朝の短歌です。彼は鎌倉幕府を開いた源頼朝の次男で、鎌倉幕府の三代将軍です。

実朝は和歌が好きで、当時有名な歌人であった藤原定家から和歌の指導も受けていました。定家から『万葉集』を贈られると熱心に読み、和歌を勉強し続けたようです。

実朝は多くの和歌を詠み、自分の歌集『金塊和歌集』の編纂も手がけました。

というか、前の大河ドラマの『鎌倉殿の13人』だね。

これは、百人一首だね。

「世の中は　常にもがもな　渚こぐ　あまの小舟の　綱手かなしも」

そして、今回の絵と手紙のネタの短歌です。

「梅が香を　夢の枕に　誘ひきて　覚《さ》むる待ちける　春の初風」

というわけで、上品な趣味を味わわせたいよね。ただ、私の脳の状態は55％ぐらいかな？

では、最後に私の出身、専門をカミングアウトして、手紙の結びにします。

専門は国語科ではないのです。愛知教育大学教職課心理学教室です。

また会いましょう。

令和5年2月○○日（○）ウメタケ

○○様へ

こんにちは。またまた私の趣味の短歌、狂歌の話をします。

「世の中に　たえて桜のなかりせば　春の心は　のどけからまし」　在原業平

〈現代語訳〉もし世の中にまったく桜がなかったなら、春を過ごす人の心はのどかだっただろうに。

では、あなたは桜が好きではないのですか?「いやいや、大好きです」という本音を表現しています。では、狂歌を紹介します。

五七五で季節を詠むのが俳句、洒落や滑稽を詠むのが川柳です。同じように五七五七七で風情を詠むのが和歌短歌で、パロディを詠むのが狂歌です。在原業平の短歌を狂歌にすると、

「世の中に　たえて女（男）のなかりせば　男（女）の心は　のどけからまし」

となります。では、私は女性のことをどう思っているのか?

私は、「怖いが大好きです」と答えます。

さて、私事《わたくしごと》を言います。２０２０年の夏に倒れて99％「ダメだ」と、世間に言われていました。生きています。私の教員の専門は社会科ですが、国語も好きです。早く、脳神経の細胞が復活するように、脳に刺激を入れています。人間は、脳にダメージを受けても（私は脳卒中の重い後遺症）、あなたたちのように脳で成長できる、そんな人生を信じています。私も、あなたたちも、ロマンティックな人生を送りましょう。

令和5年3月〇〇日（〇）ウメタケ

第4章

私の詩

1 ▽ 神様にもらった命

神様からの恵み、ギフテッド
教員の時代には、ほんの数例だが、ギフテッドがいた
大人になると……、分からない
末娘と、尊敬するＭＹ先生も美術科が専門だが、昔の画家が「隠し絵」をしていたことが明らかになり、「美術っていいなあ」と感動した
ピカソの「青い肩かけの女」、ダビンチの「モナリザ」、伊藤若冲の色使いなどだあ、物理学のアインシュタインの理論や方程式も、周りに理解されるまで、半世紀を要した　これも、カッコいいなあ
では、せっかくだから、ひとつ自身を材料にして、脳神経の細胞学の大発見をしたい
抵抗勢力に負けないように！

2 ▽ 無知の知

私は悟った　死にそうになって　遅いけど
あるリハビリやデイサービスの環境で　悟ったのだ　どうでもいいが
なぜなら　あなたたちは　脳に障害があるのではないから
そこには　一つの壁がある　土俵がある
あなたたちの世界は　健常者の世界であり　絶対的に違う差がある
そこで　私はふと　悟った　障害者であっても　健常者であっても
愚かな者（もの）が　賢い者から　学ぶより
賢い者が　愚か者（もの）より　学ぶ方が　多く大きく深い
ただし　例外はある

3 ▽ いくつになっても人間は成長できる

私は脳の血管がブチ切れて、もうダメと死ぬはずの存在だった
教師の時の授業の思い出が、死ぬ場面で走馬灯のように出てきた
いくつになっても、命をもらったら、脳卒中の後遺症で苦しんでいても
重い障害でどうしようもない人生でも、麻痺という重症で生きても
能力や知能、身につけた知識知恵情報その他、さらに心に希望と夢があれば
目標目的になり、ノルマになる
いくつになっても人間は成長できる

4 ▽ 年《とし》はずるい言い訳

評価をする人種とされる人種
教師は子どもたちの評価をする、責任を負って

結果は重要で、要素様子情報その他、いろいろ参考資料にする
才能、伸びしろ、努力、稀に脳の作りがすごくて「これぞ天才」と驚嘆することもある
この世界、スポーツの世界と並べても、負けないくらい美しい
今、私がいる世界も、評価する側とされる側が存在する
後者は私のように、障害者側だ
認知症、脳卒中の後遺症で苦しんでいる種、高齢者、精神的なダメージを受けた種etc
そう私たちは評価される側だ

5▽ふっと気がついた　いつものことだが

2020年の夏から「不自由な、不便な、まるで囚人生活、これもあと2年余りでサヨウナラだ」
脳神経細胞が味方に、DNAの使者が仲間にいる
その後の人生は、何をやるか？　選択肢は多い

アインシュタインは、「他人のために尽くす人生こそ、価値ある人生だ」と言うが、最近私は「わがままな人生」も、なかなかいいんじゃない、と思った

選択肢1：人のため、世の中のため、またはボランティアの人生
選択肢2：授業、部活？　学級経営や生徒指導や行事で活躍する人生
選択肢3：悪魔のように、復讐の鬼となる人生　コノヤロー、簀《す》巻きにするぞ
選択肢4：その他
時間はある
誰か、私の名前を売って、悪い道に行かないようにしてほしい

6▽できない約束はしない

できない約束はしない、というか厳禁
約束はしたい、けれども確約はできない、どうする？

努力することが大切で、無理だったら「努力目標」となる
努力目標は、教員が得意
では、リハビリの世界は？　脳の神経の場合だが
はじめから、目標も目的も倒れる前に戻すことをする努力は前提としてない
動くところは鍛えて、動かないところはそのまま
科学の存在もないので、約束も存在しない

7▽「何のために生きる」もいいが「誰と生きる」もいい

「何のために生きる」がよい
「誰かのために生きることにのみ、生きる価値がある」
アインシュタイン曰く
私の脳神経細胞を栽培すれば、同業者とその家族に喜ばれるのか？
今のところは、嬉しくない存在みたい

現状維持が管理するにはベストらしい
リハビリの指導者の本音みたい
私への反逆のために生きている
「人間は結局一人だ」という人生もよいという人もいる
「人間は一人では生きていけない」という主義主張の彼、彼女らもいる
あなたは?
私は、良いところ取りがよい
「特権階級のために生きる」「既得権を守るために生きる」「順序を維持するために生きる」は「人間らしく生きる」と近い同義語なのか?
超重い障害者の私が、秘密特ダネ科学の力もその他の知識情報も思い出して、「悪魔らしく生きる」もよい?
あなたは、どう思いますか?

第5章

学校が好きだ

1 ▽ 分かりません

教員時代、授業（特に道徳）をやる時に禁句がある。それは「分かりません」だ。

若い日々に教務主任から指導されて、いつの日か教師ウメタケと呼ばれた。

具体的に言うと、「分かりません」はＮＧで「時間をください」「もう少し考えて発表したい」「まとめたいので待って……」はＯＫである。

子どもたちは真剣なのか？　エスケープのテクニックがうまくなったのか？　どちらでもいい。

これについては子どもたちを褒めたい。

では逆に、授業中の教師のＮＧもある。よく若い教師は教務に指導されていた。

「他には？」「違う意見は？」これ禁句。

理由は、授業中の子どもたちの一人一人を認めてないサインだからだそうだ。

私も、いつもこれについては自分自身への戒めで、気を使っている（いた）。

では、どう反応するのか？「続けて」これがベターだそうだ。授業は楽しい。

2▽トレーニング

骨折したところは、かえって強くなる。筋肉も細胞が壊れて強くなる。マッスルメモリー。

きついトレーニング後に、積極的な休憩。積極的な休憩がトレーニングになる。

では、脳の血の塊のその後の正体は？　さらに強化される、ただし意志と時間が半端ない。

これを「経験を生かす」と！

3▽私にしか書けないこと（教師とその他）

子どもたちも、大人のように、考える「基準」があるとやりやすい。

自分で考え、判断し、何が良いのか、悪いのか、周りに迷惑をかけてないか。

中には、無茶苦茶な生徒が現れてくる。何とかしないと。

そこで、校則が生まれる。多くは保護者から出てくる。

現在、あるリハビリで一緒のKさん、ある機能訓練で一緒のMさん。

脳卒中の後遺症と認知症だけど、その療法士・言語聴覚士・その他のスタッフの方針は「生きる」だけが基準。KさんとMさんは酷いことをしたりセクハラを言ったり、食べ物を粗末にしたり、大声を出す、ただ寝る等。

これ、人間らしく、指導してもいいのではないのか？　悪いものは悪い、のように！

4 ▽ 部活動は好きだ

来年度から中学校では部活動の改革があるが、混乱すると思う。

なぜかというと教員になった目的が部活だからだ。半分は私もそれだ。

まあ、それはそれ。

あと、じっくり文科省の改革の真剣さ、子どもたちのためになっているか、だ。

さて、部活動の練習、これについてははじめ、私のリハビリと似ている、と思った。

ところが、全く似ていない。なぜか？　説明しよう。
部活動の練習は、基本、応用、実践、そして心が必要だ。
楽しい試合や辛いトレーニングも必要で、それが人間を磨く。
顧問と生徒、監督と選手、先生と子どもたち、師匠と弟子。
ベクトルの方向性と力を懸けるのが一致する。
一方、脳卒中の後遺症のリハビリは？
辛いだけのメニューではないか？　科学的な物理的な教育的な理論はあるか？
片付け仕事になってないか？
療法士・言語聴覚士らと患者らとその家族の、ベクトルはどうだ？
人間の価値を高める工夫を誰かしたのか？
結局、人間の尊厳とそうでないものの存在になっている。

5 ▽ 授業は好きだ

現役の教員時代、定期的に児童生徒の実態を把握する意識調査を実施し、その結果を基に、課題・目標の設定↓実践↓点検↓課題・目標の見直し、の「ＰＤＣＡサイクル」を繰り返し、授業研究に励んだ。

Ｐｌａｎ（学校づくりビジョンの策定）、Ｄｏ（実行）、Ｃｈｅｃｋ（評価）、Ａｃｔｉｏｎ（改善）だ。既に不登校状態にある児童生徒の学校復帰や、休みがちな児童生徒に焦点を当てた初期対応ではなく、新たに不登校にさせない「未然防止」の取り組みとはどのようなものかや、その際、従来の事業にはなかった「中学校区」で取り組む意義、また方法とはどのようなものか、考え実践してきた。

仕事にも人生にも誇りとプライドが持てる。

企業の、公務員の、労働者の、ホワイトカラーの、ブルーカラーの、その他の努力・工夫・根性も、仕事のやりがいや報酬があれば、人生に誇りとプライドが持てる。

経営者や管理職は、仕事で「ＰＤＣＡサイクル」や「カリキュラム・マネジメント」を採用する。

しかし、療法士・言語聴覚士が、患者&障害者のリハビリのために、「ＰＤＣＡサイクル」の「Ｐ」や「カリキュラム・マネジメント」の「カ」の字を取り入れているのを見たこともない。

授業研究が懐かしい、恋しい、寂しい。

6 ▽ 忙しい

「忙しい」という言葉。立場によってニュアンスが微妙に、場合によっては全く変わる。下の立場、ブルーもホワイトカラーも労働者なら、ぺーぺーなら、身分が低い公務員教員なら、その他なら、忙しいは忙しい。

では、上位の者、組織のトップ、例えば長《おさ》、社長、校長、総裁、頭取、親分、ボス、その他に準ずる人たちの多くは「忙しい」は自分が勝手にそうしている場合がある。

原因は時間時刻を守らない。あなただけの時間時刻ではないのだ。

7▽中学校の勤務で生徒指導主事を計15年間担当し学んだこと　その1

不登校。

国際連合の安全保障理事会の常任理事国5か国（米英仏中露）と、非常任理事国10か国（任期は5年で総会で選出される）の計15か国で構成される表決は、「15分の9」の多数決で賛成反対が決まる。

2つ特殊な表決があり、1つは「棄権」がよくあることだ。もう1つは「拒否権」だ。常任理事国5か国（米英仏中露）の1つでも反対すると、賛成14対反対（拒否権）1でも賛成「可」にはならない。

この仕組みは、不登校と似ている。

ある中学校の生徒の一人が不登校になる。

その生徒、母親、父親、祖父、祖母、担任、養教、学年主任、カウンセラー、心療内科の医者、登場人物は計10名。

生徒一人が「行きたくない」、該当する生徒以外の9名が「行ってほしい」。

1対9で表決が「学校に行く」、という結論にはならない。

8▽中学校の勤務で生徒指導主事を計15年間担当し学んだこと　その2

不登校の児童生徒子どもたち、バラエティーが多過ぎる。

高校生以上は経験がないので、無責任な発言はできない。

最も多いパターンが、該当生徒以外全てが「困っていて」、生徒一人が「困っていない」。

特に、家族や学校の担任は超困る。悩みがリンクし相乗効果でまた大きくなる。

さらに、私の経験でカウンセラーの性質性格癖、何でもあり。

両手の指以上知り合いになったが、優秀で責任感が強い惚れ惚れするカウンセラーも、時間にルーズでダブルブッキングを平気でやり、生徒の名前すら忘れる、そんなカウンセラーもいた。

ふ〜。教員だけでなく、療法士もカウンセラーも機能訓練指導員もいろいろいるね。

さて、ある不登校の事例の登場人物は？　「息子（娘）」「母親」「学校の担任、養教、学年主任、他」「臨床心理士（臨床心理士も心理カウンセラーの一部）」「父親」「医師」etc。

切り口を変える。

さて、重要な登場人物は？　息子でも母でもない。キーパーソンは臨床心理士だ。今まで、名称が心理士ではなくカウンセラーだったが、基本は同じ。南中、天王小学校の勤務時から多くのカウンセラーに会ったが、「当たり」「はずれ」が極端だった。ある時は「まとまる事例もぶち壊す」ことも体験した。男性でも女性でもだ。

なぜか、分かるかな。２０２０年の夏、脳の血管が切れて死ぬはずだった。助かったが、酷い障害者になった。今はそれを「鋭い指摘」という、他の健常者が気づかない目で見るのだ。

問題を出す。登場人物で一人だけ責任を負わないのは？　家族は負う。学校関係者も一人を除いて社会的に負う。医師も評判が悪くなると患者が来ない、自分の病院に対して経済的責任を負う。分かっただろうか。

臨床心理士（または臨床カウンセラー）だ。２回ほどひどい目にあった。絶対に責任を負わない。例えば、Ｎ中のＳさん（男性）、平気でダブルブッキング、約束を忘れる、時間を守らないなどだ。まさか、カウンセラーに、「時間を平気で守らない」人が多いというのは、「生徒指導主事」や「特別支援教育コーディネーター」の立場上知った。その辺りを承知して対応すると、多少広い視野で見ることができる。

どんな世界でも、人間は１００％信頼できないから、まず「何を」ではなく「誰を」味方にするか、学んだ。一番権力を持っている（影響力を持っている）立場の人が、一番責任を負わないでは、シャレにならない。

9 ▽ 音読と「悪法といえども」

簡単な説明。「音読」は声に出して読むことで、正確に読めているかどうかを確認するために行う。例えば台本などは、正確に台本を読めているかどうかを本人及び周囲が確認する必要性があり、これは、「音読」になる。「音読」は周囲と本人が正しく音に出して読んでいるかのみに着目する。

さらに、くどいがもう一度言う、目標を入れて。「音読」は、黙読の対話だから、声に出して読むことは広く「音読」である。

「音読」は、正確・明晰・流暢（正しく・はっきり・すらすら）を目標とする。

「朗読」は、正確・明晰・流暢に以下を加える。

事実真実を言う。私は、脳卒中の後遺症に対するリハビリやあるデイサービスの機能訓練により、重い障害のある人が「しゃべる」ことができるようになったケースは知らない。多分何人かは、しゃべることができたとは思う。現に私も何にもできないと言われていたが、60～70％しゃべることができた。私の障害の改善に、療法士らの指導力は1％も貢献していない。むしろ、「脳神経細胞は再生しない」「障害は治らない」の説に固執して、障害者たちを絶望させている。

そこで、私が正義の味方になり、脳神経細胞を「音読」で回復させるのだ。脳神経細胞には分かっていないことが多く、私のような、人体実験台を提供すれば科学の進歩に役立つ。

問題は、脳卒中により脳が失った機能（しゃべる、文字を思い出す他）を「音読」指導で甦らせるために、誰を脳神経のリハビリの責任者にすればいいのか？　この世界は、患者障害者以外は責任を負わない仕組みだ。候補者は、理学療法士・作業療法士・言語聴覚士、機能訓練指導員、心理カウンセラー、社会福祉士？？？　誰でもいいから、世の中のために汗を流してくれる読書が好きな人、立候補してほしい！

別の話題を紹介しよう。ソクラテスが言った言葉とされている「obey and do not do otherwise」は、日本語で「悪法も法なり」と訳されている。また、戦前の「治安維持法」は「悪法の中の悪法」や「悪法といえども無法」といわれている。

もう一方では、全面的な否定から始めるより、一部肯定から始める方が、プロセスがガラッと変わるもので、自己評価に生かせるものだ。

健常者の場合は、一理も百理もある。２０２０年の夏、私は脳の太い血管がブチ切れて99％死ぬ運命だった。天国への「上り坂」でもなく、地獄への「下り坂」を下りる運命だと覚悟していたら、住友医師のゴッドハンドで救われて「まさか」の第2の人生が始まった。宿命の第2の人生は、超重い障害者の人生だった。

私の倒れる前の仕事は「社会科の教員」だった。憲法で保障されている「基本的人権」

を勉強する生活は充実していて、同僚も仕事に意欲的に取り組んでいた。若干の権力者がいたが、玉に瑕だ、それはそれ。どこの世界もある。

私の人生、いや私だけではなく、多くの脳卒中の後遺症に苦しむ人の人生にとって、「人が生まれながらに持っている人間としての権利」は、人間が「かけがえのない個人として尊重され、平等に扱われ、自らの意志に従って自由に生きる」ために必要不可欠な権利であるはずだが、認められてない。リハビリやデイサービスの機能訓練の場では、そうなってない。私と共に生活する具体的な場にいるのは、あるリハビリならKさん、Sさん、デイサービスならKさん、女性のKさん、Tさん、他多い。

他人が表現することは理解できるが、自分は「言う、しゃべる、会話する、字を書く、文章を作る」能力を奪われている。考えを、思想を、主義主張を奪われている。「意見を述べる」自由も権利も奪われていて、その責任は、患者を管理する指導者（療法士、言語聴覚士、機能訓練指導員）ではなく、患者本人が負っている。

障害者の基本的な権利が、このまま認められない人生でいいのか？　私は運良く脳の「悟り」があり、意見を言う権利、書く権利、表現する権利は取り戻したが、他の患者は救われていない、社会的に。なぜ、患者を管理する指導者が、責任だけ負わないのか？私は納得できない。それが平和で民主的な国だ。意見を自由に述べる。

脳卒中の後遺症の患者は、自由や権利を認められていない。

10▽不文律とは？

「不文律」には、「不文」と「律」という2つの語句が使われている。「成文」の対義語である「不文」と、「法律」や「規律」などに使われる「律」によって成り立っている言葉だ。「不文律」の読み方は、「ふぶんりつ」となり、「不文律」の語源は定かではないが、昔から使われていることに間違いない。社会生活や組織運営に関わる場面でも、「不文律」の使用頻度が高い。

では、教員のトップの人事は？

ある地域の教員のトップは、管理課長・指導課長が一般的だった。豊田市の大合併とみよし市成立前の話だが、豊田市西加茂郡に教育事務所があり、そこでの不文律というと、

「○○課長の任期は2年」だった。O中学校の校長が掟破りの3年をやったが、どうしてもやりたかったのだろう。私利私欲の人事と私は思った。

O校長が剣道部（学校外の顧問は近所の剣道の指導者で公民館の職員Hさん）を廃部にするために、ソフトテニス部と卓球部を廃止し、サッカー部を創った。中学校の生徒たちと部活動はあなたの所有物ではない。O校長が退職したら、サッカー部は廃止、ソフトテニス部が復活したそうだ。

また別のある市町村のトップがある2年の任期のポジションを4年やる、これも掟破りの不文律違反になるが、どうしようもない事情がある場合もある？「教頭試験の制限」がそもそも原因では？

私利私欲ではなく、世の中のため。本来は、そんな無理をせずに人事を異動すれば、「みんな幸せ」。これがパーフェクトだと思うのだが。

第6章

私の言葉

ざ・一言

迷惑をかけない範囲でわがままで自惚れだが、死にそうになった貴重な経験をした。

自然治癒が働かないのは、「虫歯」と「意志がない脳神経のリハビリ」だ。

健常者には戻れない。障害は治らない。と、思ったら……。

お前は私の1％さえも、知らなかった。私は復活する。負けない。10倍返しだ！

楽しいだけでは、自分を磨くことはできない。

私が夢中になって、集中していること。「脳神経の細胞はどうしたら発生するか、増えるか」だ。

根性は、基本の裏付けがあって、熱心に練習があって、初めて成果が出る。療法士のリハビリの指導は、根性論オンリーではいけない。片付け仕事になってないか？

自律神経は、交感神経と副交感神経に分かれ、興奮とリラックス、オンとオフという具合に脳をコントロールしている。ＤＮＡ、創造と模倣（コピー）、発生と分化、どれも重要だ。

山上徹也は将来罪を償えば、再び社会で活躍できるか否か。

私との共通項は「宗教には詳しいが、信じていない。神様仏様ではなく、宗教団体の幹部だ。すぐ、お金を〇〇〇」。

言葉は「言霊」へと繋がる。しゃべれないなら文字を思い出せ。小学校の時のように。

脳卒中の後遺症により重い障害者になり、コミュニケーション力を奪われたら、リハビリで読み書き、また作文を書け。ぬり絵は卒業しろ。

固定観念にとらわれていないか？　目立つ療法士ほど患者を不幸にする。

死んだら仏、生きたら天使か悪魔、それウメタケ。

「どうも」「頑張る」以外に、最強の万能語は「リハビリ」だ。

「家庭サービス」は差別語だ。分からないのは男尊女卑主義だよ。

あなたも私も、サリバン先生にはなれない。

ただし、自分の全てを懸ければ、なれるかもしれない。

認知症の場合、無視してはいけない。それは差別。

では、全てを受け入れるか。

これも差別。良いことは認め、褒め、悪いことは叱り、反省させる。

あなたに迷惑をかけたら、「怒る」「我慢する」の２択ではまずい。

「できる」は細胞のお陰、「できない」は時間があれば「できる」と「できない」に分ける。「できない」は物理的に「できない」となる。

麻痺している部位があり、リハビリと機能訓練を受けている患者は、「素直なお客様」。自分から要求をしない。何も自分で決められない性格で管理するという利点がある。逆にウメタケは、迷惑をかけない範囲で思いっきりわがままな患者だ。

どんな事例も、原因があり結果がある。ただし、あなたや私が死んだら、その人の真実は、明らかにすることは非常に難しい。

私の大好きな言葉。子どもたちには「忍耐力と社会性」、大人なら「懐の深さと引き出しの多さ」。

私の脳神経細胞が好きな熟語は、進歩、前進、進化、活躍、増加、復活そして新生だ。嫌いな熟語は、後退、現状維持、老化、退化、無知。

「最強脳」が物理的に傷ついて復活した経験は？　私にはある。あなた、やってもない経験に、どう思うのか？　経験がないなら謙虚にしているか？

自分なら客観的に、第三者的に、自分を見る。いつもはできないが時々できる。まだ私は未熟だ。

好き嫌いは、自由意志だ。

パスカルは「人間は弱々しい自然の一本の葦だ。しかし、それは考える葦だ」と言った。ウメタケは「何て小さな存在だ。しかし、大自然の中でＤＮＡという設計図で生きている、生かされている」と考える。

経験はないが、理解するように努力することはできる。

私を第三者的な視点で評価、観察する。
第三者の立場に立って、自分を見る。「これは無理」「これは多分できる」と！

誰でも怖い。弱気は恥ずかしい。ただ、勝負する時は「覚悟」だけはほしい。

部活はいいなあ。負けると勉強できる。勝っても勉強できる。負けた方が大きな勉強ができるといわれるが、できたら勝って勉強したい。

部活はいいなあ。２年半の青春、汗と涙。最後の夏は、勝っても負けても涙だ。

ニートと認知症、意外に近いかも？

私も成長するから、あなたも成長しよう。あなたの正体は脳神経の細胞だ。

スーパースターでも、心の奥には誰もが闇を持っているといわれている。明と暗、プラスとマイナス、バランスをどうするか？　それも人生だ。

例えば、「職人のすごさ」と「芸術家のわがままさ」の融合がいい。

子どものためと言いながら、あなたのため。

今なら子どものため、あなたのため、区別できる。

第7章

半分仕事その他の雑感《ざっかん》

1 ▽ 本を出す理由

世の中、本を出す理由は千差万別だ。現役の頃は、小説よりノンフィクションが大好きだった。ファンだったのは、故人だと、内橋克人さん、立花隆さん、徳大寺有恒さん、江畑謙介さんだ。特に内橋さんがテレビに出てくると嬉しくなるし、雑誌の記事はよく読んだ。今活躍している人では、小泉悠さん、佐藤優さん、浜矩子さんで、特に佐藤さんはタメ(年が同じだと思ったら1級上でした)で、外交官から作家に変身したという経歴に憧れる。島田裕巳さんの本もよく買った。浜さんは「言いにくいことをズバッと言う」ところが好きだ。

倒れてから、気づいた。茂木健一郎さんや中野信子さん(NHK『英雄たちの選択』、見たよ)は、東大卒で、脳科学者だ。今、私は自分の脳神経の細胞を飼育しているところで、それにゲノム情報の中のどこかのプログラムを誰でも見つけられるようになる方法が分かると、後遺症で苦しんでいる患者が少しでも幸せになる。私は一人で努力するので、私の代わりに脳科学者として世の中のために尽くしてほしいと思う。私は元ポンコツ教員で、あなたたちは脳科学者のエリートなのだから。

では、私のことを書く。３つ理由がある、本を出す理由だ。**一つ目**。２０２０年の夏、脳の血管が切れて99％死ぬはずだったが、生きてしまった。重い障害者となり、「歩けない・座れない・しゃべれない、言葉も文字もコミュニケーションの全てを失った」。第2の人生をスタートするのかなあ？とちょっとだけ思ってしまった。しかし思っただけで、「覚悟」はしていない。部活が大好きな教員の癖で諦めが悪いところがある。

入院していた私を「人間扱いしない」人たちに、必ず「復讐」、いや障害を完全に治してみせる、という気持ちになった。タイミングでいうと、２０２１年の2回目の障害者手帳の調査ぐらいの時だ。「あれ？　脳が治るスイッチがある」、脳神経の細胞を再生し増加し元に戻す。そのための設計図がＤＮＡにあり、ゲノム情報を利用する。ゼロから創るので、時間は4年ぐらい費やす。ＤＮＡを利用しないと、10年かかっても、一生経っても、脳の細胞は良くならないし、多くは悪化、退化してしまう。私と会ったら、「百聞は一見に如かず」となる。

二つ目。良い選手には、必ず良い指導者がいる。ヘレン・ケラーのサリバン先生はカテゴリーが違うが、実際に中学校には素晴らしい指導者がたくさんいた。１９８９年から２００８年頃までの間には、授業や特に部活から多くのことを学んだ。そこで分かってしまった。リハビリも科学的な裏付けが必要だ。

「簡単な足し算ばかり1年やって、微分積分が解けますか？」「野球で素振りばかりだけで、うまくなりますか？」「デイサービスの機能訓練で塗り絵ばかりやらせて……、何が目的ですか？　患者の管理が目的ですか？」

「これでは、ダメだ」と悟れば良くなる。私のように、脳卒中になった後、命をもらったから、「努力する」ことも伝えたい。私が教員をしていた社会は「良いことは認め、邪《よこしま》なことは諌める、指導する、反省させる」だが、リハビリや機能訓練の社会は「まず全部認める、そして指導者が管理しやすいことを勧める」になっている。根本的に見ていると、私個人の素人意見では「患者のためにならない」と思う。あなたたちの子どもたちが同じことをしたら、「良いことは認め、邪なことは諌める、指導する、反省させる」か？　それとも、「まず全部認める」か？

ただ、努力は必要だ。人間らしく生きるためなら、欠くことができないことは多い。超分かりやすい例えを話す。小学校2年生に算数科の九九を勉強させる。どうする？　すぐできるならいいが、そうではない子どももいる。私が経験している「できなければそれでいい」は、リハビリ中の脳神経疾患の患者や認知症の患者の世界であり、子どもたちの世界は何が何でもマスターさせる。強制的に勉強させる場合もある。楽な生活ばかりではいけない。善人（健常者・子どもたち）なほもて往生をとぐ、いはんや悪人（障害者）をや。

私たちの世界、教育界は「経験していることを指導する、どうしても経験できていないことを指導しなくてはならない場合は、謙虚に、共に学ぶ」姿勢で仕事をしているが、私が横で3年間観察経験した範囲では、脳神経の障害のリハビリや機能訓練を指導する職業は、異様な世界に映る。私が悪いと思うが、患者及び家族は「現状維持」を唱えるばかりで、3年間見てきて、悪化老化は多いが、私のように「誰が見ても回復している」患者を見ない。私が以前、中学校で2回か3回作った重箱の隅を楊枝でほじくるような社会科のテストの難題を見つけるような「良くなった患者がいた」は自己満足の仕事にしか見えない。悪いのは「私が倒れる前の教員」の価値観を持っているからだ。そう、悪いのは偏見ばかりの私。

三つ目。倒れる前は、一応「教育者」だった。教員でも教職員でも校長でも教頭でも教育委員会の主事でも課長でも参事でも、だ。最も尊い価値が「子どもたちのため」になる。もちろん、自分も大切だ。頑張り過ぎると、必ず摩擦が出る。

上の立場の者と下の立場の者があり、どの社会でもある。上の立場の者が、部下に足らない部分を導き、下の立場の者は上司に学び磨く。教え育てる、尊敬という言葉もほしい。

かなり前だったが、民主党が政権を取っていたことがあった。それまでは、民主党を支持していた。ところが、「え〜、うそでしょう?」。民主党の政権マニュアル（公約）「教員免許更新を廃止」が私たちのメインイベントだったのに、約束を反故されて、うやむやになってしまった。守る自信がない約束なら、してはいけない。子ども相手でも、大人相手でも、障害者相手でも、約束は守ろう。

さて、教員でも権力を持って管理職（校長教頭）になると、全て自分のものになると勘違いしてしまう。権力を持てば持つほど、謙虚に。笑い話、いや違った、よくある豊田市みよし市のエピソードの一つを紹介しよう。

一例で、進学高校を紹介すると、夏休みとはいうものの「午前中授業、午後部活」で、3年生になると「終日授業」になる。お盆休みがあり、後半に少し休みがあり、そこで教員はリラックスする。中学校にもいろんなパターンがあり、ここでは良いこと悪いことがあるが、触らないことにしておく。問題は、小学校の夏休みの出校日だ。8月16日が教員の給料日だ。小学校の出校日は1日設ける。夏の生活の様子を聞いたり友達に会ったり、宿題を点検したりだ。豊田市みよし市はトヨタグループの城下町だ。トヨタグループは、お盆休みを中心に8日間の休暇がある。家庭に、小学校の年齢の子どもたちがいれば、そこで旅行や実家、他の県などの観光地へ行くこともある。そこで、学校休業日があり、一致していればよいが、ずれている。どうでもいいが、トヨタグループが豊田市みよし市の法人税の4分の1ほどを負担している。おかげで豊田市みよし市の財政は豊かだ。もちろん、私のイメージでは教育予算も潤沢だ。そこで2つの学校（主に校長）のタイプが分かる。

1のタイプ。広い視野があれば、両親の仕事が休みで小学校が出校日だと、多くの家庭が葛藤してしまう。何年か前に、その選択制で悩んだ家庭があった。子どもたちに選択権はなく、親の判断になる。別にトヨタグループばかりがいいわけではない。確率と市政への貢献の問題だ。その校長は「できるだけ、例えば、出校日か家族旅行休みか、と迷うことがないように、出校日とトヨタグループの休暇を被らないようにしよう。子どもたちには責任が1㎜も1㎎もないから」と指令を出した。あっぱれ。

2のタイプ。ある校長の感覚は、こうだ。「校長は偉い。校長が決める。出校日の決定の優先順位は唯一、校長の都合だけ」。トヨタグループの休暇と出校日が被り、半分以上の欠席……、正式に「欠席」ではないが、子どもたちは寂しい気持ちになる。

学校で「子どもたちは主役だ」は理解できる。ただ、リハビリやデイサービスの機能訓練の患者を主役にするには、ちょっと苦しい。もう少し、指導者（療法士・言語聴覚士・機能訓練指導員やカウンセラーもかな？）に努力をしてほしい。脳卒中の後遺症で苦しんでいる患者の障害が良くならない、または現状維持の確率が、あまりにも悪い。いくら打てないバッターでも1割の打率がある。私はほぼ3年間脳神経のリハビリを経験しているが、患者のうち9割9分くらい良くなっていない。命を助けただけでは、良い人生は送れない。治った少数の患者は紹介できるが、後は闇から闇に葬る、ではなく「責任は患者に」のシステムがそもそもだ。ということで、本を出す理由がこれ、だ。

過去から学ぶ、「教訓」だ。

2 ▽ 微生物と脳

微生物のスーパーパワーを見る、いや私の脳の親戚だ。

微生物は、プラスチックを食べる。これはいくら私の脳でも真似できない。

微生物は、発生と分化、分裂、突然変異も多い。これはＮＨＫの番組ではなく、高校の生物の授業で知った。微生物は、進化が変化が速い。多分、私の脳もだ。

微生物は、世代交代が速い（早い）。私の脳は分からない。

微生物は、意識を持つ。高度な意識、知性を持つらしい。

私の脳は意識を高いレベルで持っている。ただし、脳の血管が切れて、脳の考える能力が1年ほど狂っていた時はあった。重い障害といい、私と同じ目にあった患者の95%以上は、脳の能力を取り戻していない。

さて、例がある。トキソプラズマは猫の体で共生している。トキソプラズマがネズミに感染すると、ネズミは恐怖を感じなくなる。ネズミは猫に食べられて、トキソプラズマは猫の体に。では、トキソプラズマが猫の体ではなく、人間に感染するとどうなるのか？ 模範解答はテレビ番組を見ればいい。人間が感染すると、普段は感じる恐怖を感じない。まるで、麻薬のようだ。これは、私見かな？

生物の進化より、微生物の進化の方がスピードが速い。微生物は進化の駆動力だ。

【環境＞遺伝子】

微生物はさらに、自らの進化を助け、進化が加速する。違う2種類の微生物がいるとする。Aは酸素を利用できないが、触手を伸ばし動ける。

Bは動けないが、酸素を取り出し利用できる。まさに共生だ。できないなら、性格が違う微生物の組み合わせで、新しい微生物に進化する。ミトコンドリアの誕生だ。

他にも、哺乳類の腸で活躍する微生物、繊維を分解する微生物、光合成で酸素を作るが、植物と微生物で50％50％だ。

まだまだあったが、これくらいにして、「全ては、微生物から始まった」。

私が考えた、「微生物と脳の細胞は似ていて、私の脳は役立つのかな？」。

さて、今の私で最も重要なことは？

命がなくなる直前で助かり、命だけは残った。その時、脳は血だらけで、どうしようもなく傷んで（痛んで）生きるだけの状態だった。重い後遺症が残り、元には戻らないという噂もあった。この脳神経細胞は再生しない、発生しない、活躍しないと言われていた。

現に、私以外の患者は治らない。では、今の私はどうなっているのか？

3▽戦争に負けて、外交で勝つ

コンピュータで、「技術（トロン）で勝って、マーケティングで負けた」。あなたは技術者か？　経営者か？　それとも労働者か？　私はブルーカラーだ。

「ところで、戦争は、講和条約と日米安全保障条約への署名によって、サンフランシスコでの吉田茂首相の仕事は終わった。1951年9月9日、吉田は外務省の随員たちと上機嫌で昼食をとり、断っていた葉巻をくゆらせた

（『宰相吉田茂』高坂正堯、中央公論社、1968年）

「戦争に負け、外交に勝つ」はあまりにも有名。

私は言った。「脳卒中にやられたが、命をもらい、細胞で勝つ」

白洲次郎の口癖。白洲次郎は毅然とした態度でGHQ総司令部の高官と渡り合い、マッカーサーをして〝Difficult Japanese〟（扱いにくい日本人）と言わしめた。

「われわれは戦争に負けたが、奴隷になったのではない」

私は言った。「障害者になったが、誇りと努力を捨てて、未来を勝ち取ることを諦めるものではない」

最後に、今の科学の力を私の身のまわりの人たち、療法士・言語聴覚士らに贈ろう。

〝Chance favors the prepared mind.〟（チャンスは準備された心に降り立つ）という言葉だ。著名な細菌学者であるパスツールの有名な言葉だ。元々の意味としては、「人類の進

歩に結びつくような重要な発明や発見は、偶然や、幸運や、まして夢の中からもたらされるわけではなく、如何に十分で周到な準備が行われていたかによる」ということだ。

脳卒中で死ぬはずだった人の中で、私だけが生きている。後遺症で苦しんでいたが、脳神経細胞が生まれていて育てている。微生物のように！　科学の力を見せよう。

脳神経細胞は準備された心に降り立つ。

4 ▽ 豊田とトヨタと三河

１９９５、６年ぐらいから約3年か4年間、岡崎市で愛知教育文化振興会の「夏休み日誌」「冬休み日誌」の編集委員？をやっていた。私の担当は「三河の出身あるいは縁がある偉人」と「三河の名所」などの記事、特集だった。原稿料は年間2万円くらいという記憶だ。

俳句の「おばら杉田久女俳句大会」の杉田久女や枯山水で有名な、豊橋市の何とか寺院（名前を忘れた、脳の血管が切れたことを言い訳にする）を取材していた。

あ、編集委員会の委員長で、かの大尊敬する卓球のF先生が講話をしてくださった。あれ？　この時、『中村久子の生涯』（黒瀬昇次郎著、春秋社、１９９０年）という伝記の紹介をしただろうか。

その当時、藤岡中学校を中心に勤務していた。確か、道徳の西加茂郡の主任長も担当して、授業や知識情報を溜めていた頃だ。どうでもいいが。

で、私がターゲットにしたのは、三河の偉人で選出したので「豊田喜一郎」だった。豊田佐吉は地域の偉人でよく出るが、息子は「トヨタ」「自動車」「挙母市から豊田市」等で、教育畑でなく、ひとモメがあり、偉人には相応しくない、が常識だった。

敢えて「豊田喜一郎で行きたい」。内容も取材も文章も、完璧！　自信バッチリ！

ボツ。

偉人がトヨタの人だから？　幹部が岡崎市だから？　愛教同の学閥だから？

この件では引かなかった！　これだけ、良い文章で教育的なテーマだし、引く理由はない。この時は、頑固で、お金や文化振興会でも負けない意地があった。次の編集委員会で「くび」になった。理由は分からないが、「敢えて豊田喜一郎で行きたい」が、だめだったのかなあ？　まあ、この時は、組織より教員のプライドを選んだのか？

ところで、編集委員会は「出張ではなく研修扱い」「休暇」「職免」「?・」、思い出せない?

5 ▽ 歴史から学ぶ

司馬遼太郎の『坂の上の雲』のエピソード。日露戦争では連合艦隊の参謀として海上作戦を一任され、日本海軍の勝利に多大な貢献をして「戦略戦術の天才」と評された秋山真之《あきやまさねゆき》の特技は?

過去5年間の試験問題を通覧すれば出そうな問題は、大概推察することができる。必要な問題は、どの教官でも大抵は繰り返して出すものだ。また平素より教官の説明ぶりや講義中の顔つきに気をつけていると、その教官の特性が分かるから、出しそうな試験問題をほぼ推定することができる。つまり、海軍兵学校入学の教官（指導者全て）より、生徒（患者障害者）の方が、勉強学習研究に熱心で賢い、ということだ。

『「太平洋の巨鷲」山本五十六』（大木毅著、KADOKAWA、2021年）。真珠湾攻撃

は、大反対していた山本にとって非常に苦しい決断だった。優秀な部下と愚かな上司だ。「対米戦争に断固反対だった山本は、真珠湾に出撃する部隊に、日米交渉が妥結された場合には引き返すように命じ、開戦決定のその日まで、日米交渉の行方を見守り続けた。そして、攻撃前のアメリカへの最後通告が正確になされるかも気にかけていた。

だが、日米交渉は行き詰まり、開戦の現実味は増すばかりだった。軍人であれば、戦う以上、勝つための方策を考えなければならない。そこで山本は、

「対米戦を回避できないならば、彼我の戦力が拮抗している早期に決着させよう。そのためにはやはり、真珠湾に乾坤一擲の奇襲を仕掛けるしかない。そして今こそ、それに相応しい戦備が整っている」と思い定めたのではなかったか。山本の中で真珠湾攻撃は、戦争回避のための方策から、戦争を早期に終結させるための戦略に変容していったのだろう。

かくして、真珠湾攻撃は成功した。米太平洋艦隊の動きを封じた山本は、その後、戦略的価値の低い、南方の島を大量に占領していく。山本は政府がいつ講和交渉に乗り出すか、祈るような気持ちだったに違いない。

山本の存在は、あたかも昭和日本の苦しみを一身に体現しているかのようである。「持

たざる国」が戦わざるをえない状況に置かれ、選択肢の少ないぎりぎりの中で決断を迫られたのが真珠湾攻撃だったといえる」

対米戦に断固反対であったのは山本だけではない。当時、大半の日本人が対米戦は無理だと考えていた。政府首脳も、昭和天皇も戦争を回避したかった。それにもかかわらず、開戦に至ってしまったのである。戦争の真の恐ろしさとは、ほとんど誰も戦うつもりがないのに、それでも起きてしまうことにあるのではないか。だからこそ、戦争に至るプロセスを解析していくことが今後のためにも重要なのである。

ビジョンやコンセプトを持たない管理者と、真実事実を分かっていて何もできない患者障害者にならないようにしたい。

6▽アミロイドβ

今ホットな話題、アミロイドβ《ベータ》だ。これは脳内で作られるたんぱく質の一種で、アルツハイマー型認知症の発症に大きく関わっていると考えられている。

雑誌新聞やネットで、「認知症を防げる」「アルツハイマー病の新薬レカネマブ」「症状悪化を抑える効果」etcと治療や薬などを宣伝している。医師や研究者や企業が医薬分野で努力してはいるが、患者やその家族がほしいのは?

ちょっと話題が脇道に逸れる。感染症を引き起こすウイルスや悪玉菌が体内に侵入すると、ヘルパーT細胞やキラーT細胞が活躍し、体を守る。ところが、アミロイドβのたんぱく質、プリオン、腫瘍やがんはDNAのコピーミスで、持ち主のものだ。DNAを持っているから拒絶反応がなく、T細胞は戦えない。科学医学生理学の研究が進み、敵か味方か判断できると嬉しい。

視点を戻そう。一つ目、認知症を悪化させる犯人の一つが、アミロイドβであることが明らかになった。でも、それでは何もならない。

視点二つ目、認知症にならないように、食事を、食べ方を工夫しよう。誰も喜ばないし、食べ方を褒められても嬉しくない。

視点三つ目、家族が認知症になり悪化する、または現状維持で生活している。さらに、誰も喜ばない。

私のように、脳卒中の重い後遺症についても、視点三つ目は同様だ。蛇足だが、患者の命は医師や研究者や企業が守るように尽くしている。

最もほしいものは、何？　それは、認知症を、脳卒中の後遺症を、治すこと。治してこそ価値がある。認知症も脳卒中の後遺症も、リハビリという舞台で、デイサービスの機能訓練というステージで、悪くならないように、良くなるように、努力しようではないか。患者と療法士、言語聴覚士、機能訓練指導員が協力して！

脳のポテンシャルは私たち人間が信じればそうなる。支持する人たちがやれることは、まだ多いのだ。

7▽スキーの指導

スキーを初めてやったのは、大学3年生の冬休み「学生課のスキー教室」だった。志賀高原の一の瀬スキー場だ。私たちの心理学教室では、女子の1名が愛教大スキー部のエースで、男子が3名裕福な家庭でスキー経験があり、それ以外はやったことがないものばかりだった。まあ、ボードは存在がなかった。

先輩だったと思う、こうアドバイスをくれた。「スキー部の人でも、初心者を教えることはできない。それほど難しい。スキーがうまい人は、もっとうまくなるために、他の人に悪いところを指摘するアドバイスはできるが、全くの初心者の指導は無理。初めてのスキーが、楽しいか怖くてもう嫌になるか、そこで決まる。友達とツアーに行くよりは、学生課のスキー研修へ行け」

そこで1月に一の瀬、3月に熊野湯へ、心理学教室の同級生と2回行った。

教員になり、新任の時から青年部のスキー研修に行ったが、多くの同僚先輩の方がスキー経験が多いのに、2年間経験をしただけで（ただし大学3年生4年生の時はスキーにめちゃめちゃ行った。おかげでバイト代が消えた）、私の方が滑れた。

ああ、これが愛教大の体育科の教官の指導力なのだ。感心した。

まさかと思ったが、今度は私が全くの初心者のスポーツの指導をする、という責任と幸運が来た。もちろん、小学校でミニバスケ、水泳、陸上を指導したが、責任の大きさが違う。部活の指導ということで、「大学のスキー」の思い出が甦り、生徒が卓球（ソフトテニス）を嫌いにならないように、「スポーツ大好き」にさせる責任が生まれた。

中学校へ転勤し、部活の指導をする心構えが甦る。主発問が卓球（ソフトテニス）が好きになる。中学校の1年生の4月で何を期待するのか？　まずは、主発問で、スポーツが好きになることだろう。

初めて、「スキーが嫌いになる」症候群では、初心者の指導は責任が大きすぎて、プロ以外は受け入れない。でも、教員は指導するプロなのだ。

補助発問で、立派な人になるために、最善を尽くすために、勝つために、心身を鍛えるために、充実する青春を送るために、などなど。スポーツも同じだが、音楽も美術も根本的には同じだと思う。

8▽絶対的な幸福、相対的な幸福

心理カウンセラーの渡辺恭代氏は、自身のホームページで次のようなことを述べていた。

「アダム・スミスは自著『道徳感情論』で、人の幸福には、「相対的幸福」と「絶対的幸福」があるとしました。結論的に真の幸福は「絶対的幸福」を実現していく過程にあると言及しました。

経済学の父と称されるイギリスのアダム・スミスは、世界的経済学者でもあり、著名な哲学者、倫理学者でもありました。（中略）

「相対的幸福」とは、財力や社会的地位、名声や能力といった、自分と他者とを比較をして、社会的に相対的な優位性を得る幸福です。物質的や生理的なもの、健康面や人間関係など外面的欲求は一時的に満たされても、持続性に欠ける幸せです。

「絶対的幸福」は、自分の中に本来備わっている良心に従って、自己改革していき、より成熟した自分を創造していくプロセスの中に見いだす幸福です。目の前の出来事に一喜一憂しない、何ものにも崩されない確かで永続的な幸福とも言えるでしょう」

（くれたけ心理相談室、渡辺恭代公式ブログ『「相対的幸福」「絶対的幸福」って?』２０２２年）

では、脳卒中で死にそうになった、さらにその後遺症で苦しんでいる私の主義主張はどう考えるか?　相対的な幸福、達成感、充実感、逆に相対的な挫折感、敗北感について考えてみよう。反対に絶対的なそれらも同様に同じだ。

愛知県の小中学校の、平針の運転免許証の、弁護士の資格の、その他のテスト・試験は絶対的な幸福・達成感・満足度・あるいは悔いなどのマイナス精神だ。

自分との戦い。Ａくんが１００点取っても、あなたには物理的な影響はない。あなたと彼は、対戦してなければ「勝った」「負けた」という物理的感情的負荷は存在しない。

小中学校で何かの勝負があれば、そこは相対的な価値が生ずる。運動会の赤白リレーでは、勝つチームがあれば、負けるチームが存在する。勝負、競争（走）、競技などだ。

勝つと嬉しい、負けると悔しい、悲しい。学校の試験やテストも「70点以上は合格」という「基準」を設けて全員を応援すれば、気持ち的に絶対的幸福または挫折になり、中学校から高校への入学試験、高校から大学受験等は完全なる相対的な幸福あるいは挫折になる。

部活動の、例えばサッカーの豊田市の大会なら、優勝すれば幸福で、１回戦で負けると悔しい。これも相対的な幸福、または不幸だ。

勝つ者がいれば、他で負ける者もいる。実は、人生には多くの「相対的な価値」があり、教育的な環境に馴染めないが、人生は結局、競争という試練の連続なのだ。

「運動会から競争（勝負）をなくす」。これもいいが、どこかで勝負、競争などの厳しさを経験することも必要だと思う。相対的な◯◯、絶対的な◯◯をバランス良く配置する。

蛇足だが、スポーツの絶対的な満足は？　テニスなら、「楽しめる」「面白い」「健康にいい」。でも最低限の技術は必要になる。「テニスでラリーが1本も続かない」では、スポーツも楽しくない。

やはり、最低限の技術や科学的な知識は必要だ。敷居が高いとは言わないが、最低限の技術（マナーも）も必要だろう。

それをマスターできるのは、学校の部活だろうか。ただ、歪んだ価値で指導するとマズイ。これ、蛇足。

結論。世の中の試練は、楽しさは、幸福は、不幸は、相対的なもの、絶対的なもの両方ある。中には、逃げてはいけないものもある。

どうしても、くじける時は「努力」、これ魔法の言葉。まさか、死にそうになった私に、どうしようもない障害者の私に、「努力しろ」と。

神様仏様の励ましとありがたくいただこう。

第8章

半分授業その他の雑学《ざつがく》

1 ▽ 国語科、古典

寛弘5年すなわち1008年11月17日、『源氏物語』が一条天皇に献上された。明治時代以降も、多くの現代語訳の試みがなされ、戦前には与謝野晶子や谷崎潤一郎らの現代語訳が出版された。この与謝野晶子や谷崎潤一郎の恋愛観はなかなか面白い（ウメタケ談）。近年では、円地文子、田辺聖子、瀬戸内寂聴（この人もすごい恋愛観だ）らの現代語訳をはじめ、橋本治による意訳小説『窯変 源氏物語』や、大和和紀の『あさきゆめみし』に代表される漫画化も試みられ、『源氏物語』は現代の私たちにも身近な文学作品として親しまれてきた。最近はNHKのコメディもあったが。

ちょっと恥ずかしいが、私は昔「隠れ源氏物語ファン」だった。今は堂々とカミングアウトできるが、若い頃は「燃えるランナー」とか「123が卓球、4からはそのタイミングで」というニックネームで呼ばれたので、まさか『源氏物語』とは……。

古文でフルのガチのファンではなく、軟弱ファンだ。読むところも、現代文で光源氏が主人公の部分だけ好きで、光源氏の子孫には興味がない。ダイジェスト版、解説本、現代文などの源氏物語が好きだ。

たくさんの女子いや美女と個性的な女性が多く登場する、これがたまらない。さて、ここからは私の趣味だ。

光源氏の初恋の女性・藤壺の女御や、その面影を引き継いだ紫の上、生き霊としてところどころに登場する六条御息所など。彼女たちは物語のメインキャラクターだが、物語の中で幸せになっているかというと、決してそうではない。

源氏の父帝の妃である藤壺は、源氏の子どもを宿した罪悪感に苦しみ、幼な妻・紫の上は、源氏が正妻（女三宮）を迎えたことに悩まされる。六条御息所は、恋敵をどんなに呪ってもその心は全く満たされなかったことだろう。

花散里《はなちるさと》という女性がいて「源氏のようなモテ男が、自分などを構っていてくれるのは、きっと気まぐれだろうから」と、自分の立場をわきまえ、源氏に対して何かを望むこともなく、慎ましく接していた。その控えめなキャラが源氏に安堵感を与えたのか、最終的には源氏の屋敷に住むことを認められ、源氏の妻・紫の上に次ぐ扱いを受けるようになる。源氏の長男・夕霧の母代わりという立場まで与えられたのだから、事実上の本妻といってもいいくらいだろう。晩年は、……どうでもいい。

では私のナンバー1は？　世間の人気は「紫の上」だが、私は全く違う。ズバリ「藤壺」。継母だ。凄い。光源氏は親父の、天皇の奥さんを口説いた。世間は、やれ虐待や家族疎遠等で家庭の問題ばかりなのに、「ステップマザー、義理母、ママ母」を一生懸命、エネルギーを懸けて、愛する恋する恋愛する、こ、これは……。

おとこの鑑？　感動、尊敬する。

「めぐり逢ひて　見しやそれとも　わかぬ間に　雲がくれにし　夜半《よは》の月かな」

2▽社会科、仏教

鎌倉仏教、日本にはこの時代、多くの宗派があった。我が家は浄土真宗だ。今日は禅宗を話題にしよう。

栄西の臨済宗、道元の曹洞宗。一休さんは臨済宗。曹洞宗の中心寺院は福井県の永平寺だ。二つとも座禅が教理の中心だ。臨済宗は座禅で悟りを開く。一方、曹洞宗は只管打坐で座禅こそ修行だ。

要するに、座禅が方法なのは臨済宗。座禅が目的なのは曹洞宗だ。

学校では……、英語で試験を、ランニングで大会を、ピアノで発表会を頑張るのは方法、栄西方式。

英語が、ランニングが、ピアノが好きだ。目的が道元方式。

では、リハビリは？　私にとってリハビリは一つの方法・手段で、目的は回復だ。他の人たちの多くは、リハビリが目的になっている。

3▽社会科、歴史

そういえば、吉野ヶ里遺跡で出土した弥生時代後期とみられる石棺墓《せっかんぼ》の内部調査が、2023年6月5日、いよいよ始まったらしい。私も縄文、弥生時代は好きだ。

邪馬台国の位置は二つの候補があり、考古学者や歴史学者の意見が割れている。佐賀県という「九州説」と奈良県の「大和説・畿内説」だ（四国説もある）。そもそも、日本がまだ文字を持っていなかったことが原因だ。その代わり、この邪馬台国の場所に関する推理を楽しみたい。

ズバリ！　あなたは九州説？　畿内説？　吉野ヶ里の石棺墓で、九州説が有利になりそうだ……。私の意見は……、決着しない。永久に貴重な資料が出なくて、このまま日本のロマンにしておくのが幸せなのだ。なぜ、そこまで自信過剰になれるのか？　大きな理由が「その頃の日本には文字がない」。食べ物や生活の歴史はあるし、有力な支配者も宝物もあるが、名前や位の名称を特定できない。「字」が存在しなければ文化の証拠もない。永久に引き分けだ。

もう一つ、クイズを出そう。「人類の最も偉大な発明は？」

その価値観で割れるが、私のこだわりは、ダイナマイトや核兵器でもレーザー光線でもなく、**「土器」**だ。その心は、考えれば想定できる。縄文時代で土器が出現するが、その前は「先土器時代」と呼ぶのも理解できる。セラミックは土器の延長線と私は思う。

弥生時代については、紀元前3世紀頃から紀元3世紀頃までの600年間ととらえられているが、土器編年（土器を各地域ごと、各型式ごとに前後関係に分類・整理し、年代順に配列すること）や遺跡から出土した中国の青銅器をもとに割り出された年代に、弥生前期のコメや貝を炭素14年代法で測定したデータ結果を加味して出された説もある。２００２年、弥生時代の始まりを紀元前10世紀頃であると発表したのは、国立歴史民俗博物館だ。土器の種類（弥生土器は薄くて硬く飾りがあまりない）や生活、社会の成り立ちなど、帝国書院の指導が丁寧だが、細かいことは知らない人たちも多い。私が最もこだわるところは「稲作」だ。穀物がデビューして、穀物が財産となった。つまり、本格的な「農業」という産業が始まり、戦争（水や土地）、貧富の差、支配者と被支配者等々の登場が、縄文と弥生の境と、私は区別する。

縄文時代は平和で貧富の差がなく、約一万年も続いたのに、弥生時代はロマンティックに卑弥呼が活躍しても千年も続かなかった。

日本で文字が使われるようになるのは５世紀ぐらいからで、本格的な文化的生活はそれからか？「文字はないが戦争はできる」では、悲しい。

蛇足だが、脳卒中の後遺症で、「しゃべれない・書けない・言葉も文字も発音も奪われた」

患者が、私とリハビリデイサービスを一緒にしているが、わざと国語科の授業から距離を遠ざけられているのではないかと思う。患者が、考えていることを伝える言葉や文字を忘れてしまっていて、「私の邪馬台国の説」のように「そのままに……」がいいのだろうか？

もう一つ、別件で、江戸時代の話だ。米沢藩の9代藩主、上杉治憲（鷹山）。藩政の改革、倹約、財政改革、殖産興業、新田開発。天明の飢饉で餓死者が出なかったのは米沢藩と白河藩だけ。名言「為せば成る　為せねば成らぬ　何事も　成らぬは人の　為さぬなりけり」「してみせて、言ってきかせて、させてみる」（山本五十六はこれを発展させて「やってみせ、言って聞かせて、させてみせ、褒めてやらねば、人は動かじ」と言った）。

私がリハビリで紹介したいのは、上杉治憲の改革ではなく、彼の夫婦生活である。正室は治憲の二つ年下の幸姫《よしひめ》で、政略結婚。

脳に先天性の重い障害があり、体も小さく言葉も言えない人だった。でも、いつもニコニコ。

治憲は彼女を決して粗末に扱わず、邪険にせず、仲睦まじく暮らした。彼女の享年は30

歳、不憫な愛妻が愛しくて恋しくて、涙した。幸姫は幸せな人生だったかもしれない。

4 ▽ 国語科、伝記

昔の話、二人の娘に、読書の趣味好みについて話をした。女房は濫読、私はノンフィクション。

高校入試の面接のため「もし一冊、本を紹介するなら、何がいいかな⁉」と聞かれた。長女の時も二女の時も、私の価値観を押し付けた。本人は覚えているかどうか分からない。

『中村久子の生涯　四肢切断の一生』、突発性脱疽「仏より賜った体」は逆境こそ神の恩寵。どうしてこの本を手に入れたのか？

１９９７年ぐらいに、岡崎市竜城《りゅうじょう》会館で、文化振興会主催の刊行物事業などの編集委員会があった。そこで委員長？である卓球大好きなF先生が挨拶で紹介した。

「中村久子の生涯を読みなさい。人間が変わる‼」

卓球の「た」の字も出なかった!! 初めて障害者の教育に出会った、そんなことを思った。そこで書籍を入手して読んだ。涙が出た。今も書棚にある!!

さて、1937年4月17日、何の日? 2つ（本来は3つ）の偉大な魂の出会い。感動の日。「奇跡の人」ヘレン・ケラーと、彼女曰く「私より不幸な人、そして偉大な人」中村久子。アニー・サリバン先生は1936年10月20日、天国に旅立った。彼女はヘレン・ケラーの指導をしていた時、多くの名言を残した。「最も暗い雲の下でも、人間は清らかに美しく、楽しく生きられる」「知識は愛であり、光であり、未来を見通す力なのだ」

ヘレン・ケラーの考え。「己をないものにして社会に尽くす没我である。そして私はあらゆるもの、あらゆる人間から生かされている障害者だ」

ヘレン・ケラーと中村久子の東京・日比谷公会堂での感動の出会い。同じ時代に異なる国で育った。奇跡? 必然?の出会い。

久子は涙で頬を濡らしてヘレンの肩に思わずもたれた。2千人あまりの聴衆は誰一人として顔を上げる者はなく、さしもの大会場も、一瞬、水を打ったような静寂に包まれ、すすり泣きの声にうずまった。

5 ▽ 社会科、偉人

15年ほど前のことだが、「生徒指導便り」の発行を担当していた。生徒が喜ぶニュースや部活の表彰を載せる。

中には私の趣味も載せる。その一つが、私が隠れファンをしていた高嶋由美子さんについての記事だ。

私より10歳年下で、現在学習院大学の博士。世界の発展途上国に行き（スーダン、東ティモール、ミャンマー、アフガニスタン、ケニア等）、国連難民高等弁務官事務所のジュネーブに勤務している。

１％も真似できない、２００％尊敬の対象で、15年前からファンだ。あまり有名ではないが、「気持ちだけでは助けられない。力がなければ何もできない。まず行動を」。日本では「平和で毎日水を飲める」のが当たり前で、感謝の気持ちもなく、当然だという気持ちになってしまう。熱い心と冷静な頭。

彼女の大先輩、緒方貞子さんも超凄い人だ。世代が違うが。１９２７年９月16日生まれで、２０１９年10月22日に亡くなった。

ひどい生活で、何もできないけど、やれることがある。勉強をすればいい。充電だ。ただ、私のリハビリを私のペースにしなければいけない。自分用のスイッチをオンで。

（偶然？　必然？　ある全国紙のA新聞２０２３年８月17日（水）付の記事に、私が尊敬する高嶋さんが載っていた。２０２２年３月から２０２３年の７月までアフガニスタン支援で、その後イランに赴任するそうだ。１％でもいいから爪の垢を煎じて飲みたい）

6 ▽ 社会科、導入

教員の仕事から離れて、約３年の月日が流れた。中学校での勤務が長かったが、２０２０年に倒れた時は、小学校勤務だった。その２０２０年度の校務主任での授業の分担は、５年生の国語科と算数科、そして３年生の社会科だった。中学校の勤務の方が長くて、歴史・地理・公民の教科研究をよくやった。小学校では、４年生の担任を２回したが、あとは５年生や６年生の一部の授業を分担した。

さて、社会科の分析をしていこう。まず、プラス面を書こう。算数科数学科や英語科外国語科の授業の特徴は、「積み重ね」の繰り返し、連続だ。算数科なら「分数」や「文字式」で躓くし、英語科なら、動詞の三人称現在形でパニックになる。さらに英語科では「単語が全て」とさえ言う教師もいる。算数科なら小学校3年くらいから、外国語科なら中学校の1年生の夏休み明けから、「お客様」「お昼寝タイム」登場になり、あまりよくない台本になってしまう。

ところが、社会科はサボっていても、「今日から」やる気を出して、授業で先生の話を集中して聞くと何とかなり、面白くなる。まあ、教科担任の指導力がなければ、どうしようもないが。例えば、「中部地方」の授業をサボると、意味が分からなくなるが、急にやる気を出して「アメリカ合衆国の独立宣言」に集中すると「面白く」なる。それが社会科の強いところだ。マイナス面は、ズバリ！　やたら、漢字やカタカナが登場してしまうところだ。例えば、「飛騨山脈」や「コンスタンティノープル」や「参議院議員通常選挙は非拘束名簿式比例代表制だ」などだ。これだけで、「まんぷく、お腹いっぱい」になる。

ニュートラル面は、小学校3年生からスタートし、高校で「辞める」選択肢もあるということだ。私立の理系の大学受験では、免除される。

『魁!! 男塾』や『ジョジョの奇妙な冒険』のマンガみたいに99%死ぬはずだったが、そのうち、地獄から這い上がる。あの人とあの人とあの人は、私を怖いと思うだろう。

7 ▽ 部活動、経験

2023年度から、中学校の部活が変わったというが、本当のところは、どうなのだろう? 私は1983年度から6年間、小学校で働いた。今は亡くなったかどうか不明だが、その時にお世話になった大先輩のK元校長（新任の時の校長）、S元校長（教育実習校の校長）、K2元校長等、「信頼関係があれば、ごつん（げんこつ）はありき」という時代だった。

それから、長い月日が流れ、部活については「熱心な指導」と「熱心過ぎな指導」と「誤った指導」と「分からない指導」とあれこれが、子どもたちがいないところで、盛り上がってきた。

部活といえば、絶対「子どもたち、生徒たち、選手たち」が主役だ。主役が、一部の指導者、教育委員会、外部のコーチ、保護者等になってはいけない。

ましてや、弁護士やマスコミ、ジャーナリスト、○○研究者等々、勘弁してほしい。第三者プラス強い権力者の、強制力を出してはいけない。あくまでも、参考意見を言うだけで、自由意志でお願いしたい。経験のない意見は「聞くだけの範囲で」。

くどいが、指導をした経験がないのに、子どもたちのことを考えているのか？　私には、中学校と小学校しか経験はないが、それなりのことはやっていた。全く経験がないのに「やれ評論家」「やれ第三者機関」ｅｔｃで偉そうな態度ではよくない。

一瞬で全ての問題点、背景、他の良いところも参考にしないで、そんな子どもたちのことを分かっているのか？

絶対、問題を出すことしか、協議することしかできない、そんな会議ならいらない。子どもたちと触れ合い、まず子どもたちの活動を実際に見るべきだ。

学校現場や家庭でも体罰は話題になる。今回は部活動に絞っていきたい。では、なぜ私の意見が他のものと違うのか？　私のプロフィールを知れば分かる。

私は中学校、高校で卓球部での指導を経験した。弱小部で、その経験は生かせる。体罰については指導する方だから、子どもたちの立場が分かる。

大学は愛教大だが、貧乏学生なのでバイトばかりで部活はやっていない。新任から6年間、中山小学校へ赴任した。その時は季節ごとの部活動だった。10月から6月初旬までミニバスケ、夏は水泳、秋は陸上競技だった。これについても多くの示唆があった。ペナルティー、懲戒、体罰、信頼関係、小学生でもいろいろある。それを経験しているか、していないかは……、分かるだろう。心技体だけではない。

小原中で9年、藤岡中で3年、計12年間卓球部の指導をした。小原中の最後の3年間は私だけで男女を指導した。こんな経験をした者は誰もいないと思う。一人で二役だ（ちなみに天王小学校の時、2回ほど校務主任プラス担任の掛け持ちをやった）。

南中の10年間はソフトテニス部の指導をした。体罰という雰囲気はなかった。この10年間は、卓球部の時と比べてあんまり勝てなかったが、幸せな時間をもらった。自画自賛かもしれないが。悪い習慣を改めて良くすることもいいが、なぜあの指導者と選手は笑顔が多いのか？　そっちを参考にすることも大切だ。

その後、天王小学校で最後の10年間の勤めで退職……になるはずだったのに、９年４か月で倒れた。そこでも、他の人が経験してない貴重なものを手に入れたと思いたい。

教員生活で力を出したのは、学級経営、授業、行事。どれも熱心に取り組んだが、私は部活が最も好きだった。だからこそ、違う観点で、体罰への意見をすればいいと思った。では、なぜ私の意見が参考になるか、マスコミで採用して吟味すればいい。本来なら死んでいた存在だから。

体罰は絶対「悪」だが、悪といっても「積極的に体罰には反対」と「消極的に体罰には反対」があり、奥が深い。経験の量と質、両方ともダントツだと思う。教員と教員以外を分ける。教員は私の畑だから最初から分析しよう。

小学校を中心に勤務した教員、中学校を中心に働いた教員、高校と養護学校は経験がないので、あまり参考にはできない。これだけでも、小学校中学校ともそれなりの実績を挙げた部活動を経験してきた指導者も、とりあえず指導しただけの指導者も、全く指導した経験がない教員も、県や市町村の教育委員会勤めが多くて現場が異常に短い教員も、いろいろだ。それを全部どんぶり勘定で意見をまとめる、これはどうかな、と思う。

子どもたちが犠牲になってはいけない。楽しいはずの部活が一握りの体罰で悪いイメージになってしまうと悲しい。

懲戒と体罰、体罰については反対だが、その体罰反対でも「積極的な反対」「消極的な反対」「複雑な反対」いろいろある。

はっきり言っておく。「体罰には反対、絶対反対」。では、裁判で、私とA先生も事例1で二人とも「反対」と一致するか？　その事例でA先生は賛成、私と被害者の生徒は分からない、対象の保護者は反対、周りの被害者の友達とその保護者は賛成と反対が半々だ。

本当はある中学校のバレーボール部の例を事例に詳しく説明すればいいが、プライベートな情報も多々あるので、ここは架空の事例で検証したい。これもしこたま経験があるから強い。

ある合唱部の顧問が担当する音楽科の授業が、たまたま合唱だったとする。やることは、「合唱」で同じ。ただ、目的やメンバー、運営のやり方などにかなり差がある。なぜ、比較の例を出すのか？　部活は教育の一つで、「顧問」は部活の顧問監督指導者であり、普段は教卓で授業を行う、これが理想だ。

だから部活で「授業をしないで部活で指導をする人」とは、分けないといけない。経験のない人は、あまり大きなことは言わない方がいい。私たちは指導者で教育者のプロで、これはおかしいというところは「ダメ」「おかしい」と言う。経験は力だ。

では、まず合唱部の活動。「歌を歌う」、そこは授業と同じ。目的などが違う。部活なら「歌を極める」という次元までやる。合唱部の生徒たちはほとんどが「歌大好き」で、中には「食べると歌うことは生きる目的」とまで言う人も多い。

部活の経験がない人、「え〜っ、歌を歌うのに、ランニングをやるの？」、疑問を持つところでアウト。体力作りは当たり前。経験のない人は黙っていてほしい。

「一生懸命歌を練習する」と「練習やり過ぎ」とは、「諸刃の剣」だ。これが分からないと、部活の体罰に対して「どうすればいいのか」という示唆が出ない。「プロの心構え」と「中学校の部活の覚悟」、大きいか小さいかがあるが、本質的に同じことだと私は思う。

指導者側に「人間的な未熟さ」「屈折した愛」がある、あるいは「部員の所有権、独占権がある」「部員の所有物化」の気持ちがある場合、体罰が行われる可能性があり、犯罪になってしまう。根本的に根絶するには教育が必要だ。

一方、音楽科の授業は、やることは同じだが、主に目的が違う。部活は「合唱大好き」だったが、「大好き」から「大嫌い」「分からない」、いろいろあり、バリエーションが多い。授業をするメンバーは「学級」という集団で価値観はそれぞれ。部活のメンバーとは異なり、同じ合唱とはいっても、目的も目標も違うのだ。

合唱の目標も「どこまで……」、技術や面白さ、「歌ってよいなあ」という生徒が多くなると「教師冥利」につきる。まあ、授業で体罰はテーマではないので、ここまで。

少しずつ、体罰をなくし、良い部活になるとよいと思う。


もう1点意見を言いたい。部活もその他の教育内と外の活動を経験したが、部活の中で経験したことを「愛」という言葉で意見したい。

「師弟愛」と「無償の愛」、あなたは経験あるだろうか？　部活や学級経営で体験する。私も何回も経験した。例え相手が中学生でも「師弟愛」「無償の愛」を経験した。

部活のエピソードはたくさんあるが、これについては終わろう。

私は小原中で6年間、生徒指導主事と担任を兼任したし、南中で生徒指導主事と研究主任を9年間やってきた。その生徒指導主事の研修会でよく指導してもらったことは（講師は心理カウンセラーだった）、「学校の先生は、いろんなところで『愛』を感じますが、カウンセラーとクライアントも『愛』を感じることが多いですよ」ということである。

担任が教え子の情報を集める。担任が知らない情報を、他の担任以外の先生が知らない、これは特別な事情がなければ、普通は「担任ファースト」になる。それでいい。決して教員の怠慢ではない。

第9章

黒歴史

1▽明確な「上下の立場」が存在した密室

大阪教育大学附属池田小事件の犯人宅間守と「津久井やまゆり園」の犯人植松聖がいたら、どうなるか？

私が池田小学校に勤めていたら？　実は、私が現役で天王小学校に勤めていた頃、毎年6月に、豊田警察署から講師を呼んで「不審者出没訓練」をやっていた。私が毎年、「不審者の犯人役」でボロカスやられていた。訓練は効果抜群と思う。子どももだが、職員のモチベーションも高い。今なら、宅間加害者のことを止められると思う。

別の件で、私がやまゆり園に障害者で入院していたら、植松聖はどうするか？　2020年の夏に倒れたので、その後のシュミレーションをしてみよう。2020年中なら、私は秒殺されていただろう。しゃべれないし、歩けない。コミュニケーション力もゼロだ。

2022年の春以降なら、やられない。多分、自分の命は自分で守る。脳の血管が切れても、人間は成長できる。「今のリハビリや機能訓練は効果あり」とはいえないが、今の私なら、負けない。

では、馬鹿にされる、有無を言わさず奴隷のように命令される確率は？

【立つ歩く△　しゃべる・会話×　文字・文章◯】が60％しかできないのが、２０２０年1月の私だ。私の経験も、だ。コミュニケーションの能力を奪われた。運が良く、「脳細胞を利用することができた」が、私以外の脳卒中の後遺症で困っている患者は気の毒だ。療法士らに悪意はないが、指導者と患者（主に障害者）の「上下の関係」がひっくり返ることはない。

「立つ歩く」と「しゃべる・会話」に甲乙をつけるのはナンセンスだが、「障害者は不要」と考える者には、「立つ歩く」より「しゃべる・会話」の方が効果がある。

高橋まつりさんの事件。自殺。加害者は電通の上司。パワハラという話だが、いじめだ。犯罪ではなく、過失になる。「まさか、こんなことになろうとは……」

財務省職員の赤木俊夫さんの事件。上司の佐川宣寿が加害者。嫌で嫌で、仕方がなく、上司の命令に対して、自殺という答えを出した。佐川は「まさか、こんなことになろうとは……」。

氷山の一角。加害者は犯罪の容疑者にならず、ひどい時は過失にもならず、名前も明らかにされない。

まつりさんは「電通」の社員だが、もし、私がまつりさんの同僚なら、自殺を止めていたか？　電通の空気は分からない。愛教大の同級生が、豊田市で教員をやって、自殺した。自殺の2年くらい前に会って、卓球について話をした。会話がかみ合わなかった。結果的に「止められなかった」。「本音」が分からない。どこまでが、死を覚悟するか、仕事を辞める選択肢はなかったのか？　それとも、いじめ、人間関係？　まつりさんの同僚なら、どうだろう？　自信がない。

赤木さんの場合は公務員だが、これも自殺を食い止めることが、可能か？　上司と部下の関係に、「おかしい」「それでも正しい上司か？」と諌める、止める自信はない。これも弱い方の「本音」が見えない。２０２０年の夏に倒れたが、ひょっとして２０２０年の3月に退職する予定がない職員が辞めてしまう。その職員が辞めた本当の原因は謎になる。赤木さんの自殺も、上司の佐川宣寿が原因と分かっていても、難しいと思う。私も自信がない。正義の心を強くしたい。

２▽ナルシスト

ジャニーズ事務所（現ＳＭＩＬＥ-ＵＰ.）に所属していた元ジャニーズＪｒ.（現ジュニア）らが、当時社長だったジャニー喜多川氏（２０１９年死去）から性的行為を受けたと公表した問題を受けて、感じたことが２つある。

一つ目の意見。口で言うのは簡単だが、組織の一員なら何も実行できない。動詞で表すと「諫める」だ。おそらく、かなりの人が知っていただろう。

では、あなたたちの社会には、その人間関係は「ある」か「ない」か？　私はあった。教育界にも「トップ（〇〇長）が、法律を無視したり、部下の自由や権利を侵しても、誰も諫めない」。上下の関係はどこにもあるが、本来健全な社会にすれば嬉しい。尊敬、師弟愛、感動等があり、生きるエネルギーがある。逆に、法律を無視し、誰のための仕事なのか分からなくなると、仕事を辞めてしまう。最善なのは、上の者は下の者を、正しく美しく強く導くことで、下の者は尊敬感動という経験があればよい。でなければ、謙虚であれ。下の者が道を外れたら「正しく導き」、上の者が邪《よこしま》をしたら「諫めればいい」。あなたは、道を外していないか？

二つ目の意見。独特の価値観で斬る。上下の関係で、何もない、学ぶことが全くない上司なら、悲しく悔しい部下の人生になる。社会にはよくある。ジャニーズ事件からは学ぶことが多いが、反対側に性的行為があったようだ。複雑だ。

もしかして、彼らへの性的行為によって、相手も喜んでいると思っていたのではないだろうか？　アイドルとの力の差があまりにも大きすぎて、自分の魅力、超ナルシストになり、現実を正確に判断していなかったのでは、と思った。

なぜなら、〇〇長も同じように、自分の力だけを信じ、まわりはイエスマンばかりで、「諫《いさ》める」「叱る」はゼロ、という説もある？　「俺が法律」「私が世界の中心だ」だと。彼はカリスマ性を持っていただけにもったいない。一方、同じ長の日産自動車元社長はどうだろう。社員や関係者は尊敬や感謝をしていたのか。外野から見た印象は……。個人的にはかなり酷い。

３▽授業参観と夏休み

２０２３年度のみよし市の小中学校の授業参観&ＰＴＡ関係は4月22日の土曜日に行われたが、豊田市の小中学校のそれは校長判断らしい。権力を見せるため？　1年間の授業参観を全部木曜日にするとか。まあ、「合理的」と世間が認めるといいが……。分かった、分かった。あなたの力は分かった。でも、せめて、１年間で１日ぐらい土曜日にやってあげたら。忖度ではない。トヨタの城下町で、地方公共団体の収入はトヨタからの歳入が４分の１なのだ。それに学校は公共物だよ。あなたの私物ではない。

別の夏休みの話題。２０××年、静岡県Ｙ町のＡ教育長は、小中学校の夏休みを10日に短縮した。さすが教育長、地方教育行政のトップだ。ところで、目的は？　子どもたちの、保護者の、職員のためか？　教育長の自己主張？　２０××年の1年後8月31日、Ｙ町のＡ教育長が体調不良で辞任した。やり過ぎは周りの信頼を失う。

4 ▽ 倒れる前の世界と倒れた後の世界

私は、別に信心深くないし、キリスト教徒でも仏教徒でもない。でも、感覚的直感的に分かってしまう。神の恵みなのか？　手は2本、足は2本、指は、それぞれ10本プラス10本あり、麻痺になってもバレーボールの「時間差」のように戻ってくる。

「地雷で片足を失った被害者」と「脳卒中の後遺症で車椅子の患者」が平等ではおかしくないか？

同じ脳卒中の先輩たちの話を紹介しよう。失語症になったある大学の学長は、「科学的な治癒力」をどう考えているのか？　私の意見では、責任は本人ではなく、療法士らが少しは負うのが、妥当と思う。ただ、リハビリや機能訓練での指導者が責任を負わない、メニューで成果効果を求めないことが仕事の前提になっている。「患者の麻痺等の障害は治らない」ということが世間の常識になり、「療法士ら」と「患者または障害者」の上下の関係が「絶対的」になり、入院した頃に「命令形で」「しゃべれないから適当に」「どうせ治らない」という先入観が、過去に「上」の立場を取った職員を困らせていると思う。人間は成長する。

私は倒れる前は一応、「授業のプロ」の教育者だった。まあ、子どもたちと楽しく仕事をしていたら、それだけで幸せだったのに、上の立場の上司や管理職が現れて、複雑になるとややこしい。理想的関係なら「足りないものは補い、誤っている時は正しく導く」「お互い高く目指す」という。教育の「教」は、「おしえる・おそわる」などだ。プリントやドリルを使うなら、目的をはっきりさせる。リハビリや機能訓練で使うなら、片付け仕事にならないように、「なぜ・どうしてか」など患者の脳のために計画してほしい。時間が経つほど、悪くなれば寂しい。

では、「教育」の「育」は、どういう意味か。「そだてる・そだつ」などだ。子どもたちでも大人たちでも、上の立場なら「そだてる」チャンスを大切にしたい。

2023年度愛知県教員人事異動の新聞発表には、ガッカリした。私はみよし市で倒れる前はぺーぺーの教員だったが、「長の特権」を見て見ない姿勢もやってきた。もう、私は一度死んでいるつもりで、知っていることの100分の1ぐらいは、正義の見方で告知しよう。

「豊田市〇〇〇小学校を60歳で退職し、再び△△小学校の校長として再就職した」。これは、いただけない。フェアではない。「なぜ？　あいつが？」2号、3号、4号と続く……。関係の良くない部下なら、「60歳で退職してやっとひと安心……、ではなく、また？　もう嫌だ！」という可能性（部下の我慢も限界）もある。ただし、校長の再就職が新担任なら拍手ものだ。

まずいよ。よくあるが、「俺は法律だ」的な校長がかなりいる、いたが、問題ありきだが、次元が違う世界だ。「子どもたちのため」には1㎜も1㎎もならない。次元が違う。多分、「人がいない」「校長が不足している」という駒の不足。実は問題は「校長試験」ではない！　校長試験に「縛り」はない。問題は「教頭試験」だ。校長といっても、隠語で「大物から小物まで」あり、試験を受けるには、「校長推薦」が必要との噂が（超×100）ある。

実力？　影のボス？なら現役で複数の「枠」があり、力がない校長は「枠」ゼロになる。その結果が過不足ゼロならよいが、管理職の数を教頭数で調整している。鶴の一声、神の手か？

豊田市とみよし市には、「貸し借り」があるが、それ以上の「退職」があれば、「やってはいけないこと」があるということだ。今のところ、みよし市は「悪魔の仕業」には、手を出していない。愛知県の教員の人事異動は、「悪魔の仕業」にならないように、「子どもたち」のためにしてもらいたい。若い校長教頭を育てればよいのに、あれこれ文句を言い、「年齢」は理解するが、出身大学まで細かい「理不尽な不文律」の約束もある。

5▽脳をなめんなよ

脳の傷を治す「隠れプログラム」がある。私は退院してから、たまたま「脳細胞の発生（新生）」スイッチを見つけたように感じている。

脳卒中で入院しても、入院には１８０日の制限があり、治療はできてもリハビリによる治癒はない。今思うと、何の目的なのか、意味がないリハビリも多かった。

2020年9月11日、リハビリの講習会?があった。状況は後ほど「7 枕草子」で紹介するが、私をはじめ患者の人生を乱暴に変えていないか? ただのパフォーマンスではないのか? 療法士らの仕事に問題ありではないか? 現在の脳神経リハビリを指導する療法士らは、刑事上、行政上、民事上の責任は負わないが、患者やその家族に対して社会的な道義的な責任も負っていない。それはプロとして恥ずかしくないのか?

およそ3年も、同じ施設でリハビリや機能訓練をしているのに、良くなっている、回復している患者に会うことはない。今も回復途上の私と生活していれば、隠れプログラムが存在する証拠になるし、なぜ学ばないのか? あなたの脳はあなた以上に能力を持っている。

6 ▽ 勉強も、努力もやらないと、健常者も、障害者も、同じ未来になる

倒れる前の私の仕事は「社会科の教員」で、憲法で保障されている「基本的人権」にこだわっている。私はいいが、私以外の障害者は、「基本的な権利がこのまま認められない

人生」でいいのか？　いつも、私が通うリハビリやデイサービス施設の機能訓練では、「勉強する」よりは、ただ単に「ぬり絵」「パズル」「立つ歩く」「あーいーうー」という片付け仕事しか見えない。私が倒れてもうすぐ3年になり、少しずつ余裕が出て、私以外のリハビリやデイサービスの様子も分かり、「きっとためになる患者は○％」と計算できる。これも、自由意志だ。わがままなウメタケだ。今も人間扱いされていないが、退院した時は私のことを「もっと酷い命令形でバカにしていた」あなたたちの思いやりや優しさに「恩返し」をしたい。

別の話題を提供しよう。やはり社会科の教員は疑い深い。それどころか、私についていえば心理学を専攻している。せっかくだから、教育の裏を教えよう。

「治した」「メソッド」の類いの本が世の中にはたくさんあり、「100人の患者を治した」「2000名以上の施術実績がある」的な○○師（士）の本だ。「困っていたが、治った・回復した」という体験が多い。嘘はないだろう。でも、私なら全体の総数を求める。「Aさんに一万人が相談し、100人に効果があった。Bさんに101人相談し、100

人に効果があった」
これが確率論だ。消費者には、体験者の中の効果があった対象者しか知らせない。肝心の数字は秘密である。運が良ければBさんのところへ行っただろう。

別の本の話題もある。「○○の人が見える景色」の著者は○○障害にはなっていない。「○○歳でも脳が△△しない」の著者は脳科学者で直接経験していない。医師・ドクターなら許せる。○○士や○○師、あるいは専門家が著者なら、興味があっても余程覚悟して「買う」し、自己責任で読むのだ。著者は○○の直接的な経験をしていない。私は2020年の夏に死にそうになったが、血圧が下がらなかった。薬を使わず楽に下がるって、「分かってはいるけどやめられない」で超難しい。

もう一つ、フェアでない宣伝を紹介しよう。ある中学生を対象にした塾の宣伝だ。その塾は人気があり、成績があまり思わしくない生徒も入塾を希望する。そこで、選抜テストを実施し、成績で入れない生徒もたくさん存在した。ここまでは、セーフだと思う。その後がアウトだ。C中学校のある期末テストの全体の平均を利用することである。その塾で

１年生の期末テストの平均を比べる時に、Ｃ中学校全体とＣ中学校のその塾生だけの平均を出して、比較する。その差を宣伝する。数学的に考えれば「当たり前」「意味がない」数字だと分かるが、数字だけが一人歩きする。

「〇〇師（士）の魔術」のように、「塾生がＤ大学の入試で10人合格した」と宣伝できるが、発表されていない数字がある。その塾の受験の総数と、希望していたがリタイアした塾生の数だ。その塾で、受験した総数は１５０名、希望したがいろんな事情で受けなかった数は１００名、そして合格者は10名だ。

一方、ライバル塾では、Ｄ大学を希望した受験生は10名で、全員が合格した。表に出る数字は、どちらも「10名Ｄ大学合格」の発表になる。

教員の執念深いサガだろうか。総数を発表しない。

7▽『枕草子』「どちらが嫌だ、辛い、理不尽だ」という世界を選ぶ

『枕草子』は、平安時代中期に中宮定子に仕えていた清少納言によって書かれた随筆で、『清少納言記』、『清少納言抄』などと呼ばれることもある。文章は平仮名を中心とした和文で、短編が多いことが特徴的だ。センスある文章からは、作者の清少納言が非常に知的な女性であったことが感じられる。

また、同じ頃に中宮彰子に仕えていた紫式部が『源氏物語』を執筆しており、宮中では何かと比較されることもあったようだ。紫式部の書いた『源氏物語』が醸し出す「もののあはれ」に対して、清少納言の『枕草子』は「をかし」という心情を表現している。ライバル視？　お互い、嫌っていた？

「これは素敵」、「こんなことは嫌だ」など、清少納言はこの時代の女性にしては珍しくはっきりと自分の考えを述べており、彼女の世界観は現代の私たちにも十分通じるものがあるようだ。

そこで、私がアレンジ（パロディ）して、「どちらが嫌だ、辛い、理不尽だ」という世

界を選ぶをやる。選択肢「ア」は倒れる前の世界で、「イ」は倒れた後、障害者になってからの世界で比較した。

Q1　どちらが、辛かったか？

ア　ある学校の校長は、時間を守らなかった。私から見ると、会議や研修が好きで、その会合の参加者も増やすのが好きだった。まあ、それは権限だから仕方がない。問題は、会議や研修が、18時19時、ひどい時は20時でも終わらない。エンドレス。仕事が多いのは理解できるが、自分のペースでやれなかったことが辛かった。おまけに、時間をオーバーする内容は、計画されていないし、トップの自慢ばかりの意味がないものだった。

イ　その病院の決まりは、見習い看護師が一人一人、患者の世話をすることだ。２０２０年8月26日の夕食に事件があった。「水掛け論」でいい。

私の言い分では「私を馬鹿にしているかどうかは分からない」が、担当看護師の見習いが薄ら笑いをして、無視をした。苦しくて寝返りができなかった。思いっきり努力すれば夕食を食べられたが、敢えて、夕食のご飯の一粒も食べなかった。「食べられなかった」ではなく「食べなかった」だ。なぜかというと、後で彼女を特定するため。後日、私が回復して復讐するため。倍返しのため。彼女の言い分は、「忘れていた」「忙しい」「覚えていない」くらいだろう。彼女の言い訳だ。私の心は、辛くって、惨めで、情けなく、やり切れない。

A1 「イ」の方が辛かった。

Q2 どちらが理不尽か？

ア 学校は公共物だ。いくら教職員が勉強（現職研修の授業研究など）するといっても「毎月」だ。子どもたちが主役のはずが、午後の授業をカットしたり、給食さえもカットし、早めに帰す。一斉下校があまりにも多い。偉い講師を招いてありがたい講話をいただく。その後、接待のセッティング。指導案作成で苦労し、事前に本番に事後に苦労し、授業者が授業を披露して、最後のとどめの講師の接待。若い授業者は選択肢はない。そう、やることは立派だが、やり方がストレスだ。他の仕事も、来客の接待をする、「憲法上の自由権がない」方が見ていて辛い。私は傍観者だったが、組織の長のやり方が理不尽だった。エンドレスの勉強会。やり過ぎのルール違反。

イ

２０２０年９月11日、リハビリの講習会？の講師は、よそから来たＴ療法士で、Ｓ入院棟の療法士は生徒のような役割だ。障害者の患者のモデルは、私と私より若い人の二人だった。道具のような役割で、人間扱いはない。講師が、他の療法士に説明して、その都度「動かないところは動かないから、動く足を鍛えて歩くように！」。人の人生を何だと思っているのか？　あなたの人生ではないし、なぜ、あなたに奴隷のように命令を受けるのか？　義理も恩も、１㎎もない。

これは、その問題ではない。問題は、あなた（Ｔ）が主役で、他の療法士が観客ということだ。私は……、ゴミ？　ヒールなら、まし。この世界、とっても不思議でおかしい。惨めで情けない人生。晒し者の人生で、言葉も発音も文字も忘れて、歩けない、療法士にとって扱いやすく便利な道具のような生活。

A2　迷ったが、やはり「イ」が理不尽だと思う。なぜなら、被害者になった気分で人間扱いされなかった記憶が強い。思い出すたびに不愉快になる。

これくらいで、「枕草子」のウメタケバージョンを中断しよう。

8 ▽ 本音より正体

倒れる前も、倒れた後も、上の立場と下の立場の関係で嫌な気分になることがある。

2020年の夏までも、理不尽な経験で血圧が上がって死ぬところだった。「教員は忙しい・残業手当もない（4％ある）・上下の関係等がある」といわれるが、私は嫌ではない。学校は好きだし、時間をやり繰りするのもよい。

「部活が午後6時まで」なら可だ。「今日は会議を30分延長します、今日だけ」でその通りなら「可」だ。私にとって最悪は、「いつ終わるの？」。これ、たとえ10分でも「否」だ。それが、しょっちゅうあると、つまりトップが時間にルーズだと、キレて「死ぬんだなあ」と悟った。

倒れる前も、倒れた後も、上の立場と下の立場の関係で嫌な気分になる。

もう一つ、２０２０年の夏までも、理不尽な経験で血圧が上がって死ぬところだった。ここは、教育の職場だ。勤務の時間をねじ曲げて、夜の8時9時10時……。せっかくの長期休暇も楽しみがなく、会議会議会議研修研修研修……、別に嫌なもの楽しいものでも義務だし、必要だ。それはいい。「上の立場の者から時間を無視した空気を読まないご指導を賜るので、ありがたく頂戴します」だ。ストレスマックス。問題は、トップ以外全員「本音」が言えないことだ。演技のオンパレード。そこで作り笑顔の連発。

最低限のマナー&モラルが、時間厳守。あなたの時間ではない。どうしても延長するなら、あなたの出番は抑える。いつも一番たくさんしゃべるのは勘弁してください。それでも、普段「本音」を隠しているのだ。

収穫もあった。上の立場の者と下の立場の者において、下の立場の者の本音はこの際、明らかにすることは無理だから、方針変更だ。上の立場の者の「本音」ではなく「正体」を突き詰めるのだ。上の立場の者が、「優しい」か「冷たい」か、それとも意地悪か？

私が入院していた頃、三重苦より重い「しゃべれない・言葉も文字も言えない書けない・思いやほしいものを伝えることができない」コミュニケーション機能を奪われた生活だった。実際、「歩けない」より「思うことを伝えられない」ことの方が辛い。言葉も文字も発音も何もかも失う孤独を味わった。今この瞬間も、あるリハビリとあるデイサービスの患者さんたちが、何の科学的な指導も受けず、ただ時間を無駄にしている。上に立つ指導者は、「これでいいのか？」と自問自答してほしい。

本題。脳卒中の後遺症の症状の重い軽いは、その患者の宿命だと、私以外のほとんどの人たちが信じていた。だから、あなたが私と二人だけになると、あなたの正体が分かる。二人だけの密室にならなくても、あなたが集団のトップなら、あなたの正体が分かってしまう。実際に、重い障害のあった私が「治ってしまい、普通にしゃべる」と、真っ青になるだろう。たいてい、脳卒中の後遺症の重い患者が良くなることはないはずで、私は「杖を持たずに歩いて、しゃべり、文章を書く、利き手ではない手で絵さえも……」。

再度言う。「脳卒中の後遺症の酷い患者が良くなることはないはず」が……。

立場が反対になり、療法士たちは最近私に対して、ものすごく優しくなった。というか、私のことを怖がっているようにさえ見える。特に、命令形でリハビリや機能訓練のメニューを適当にこなすだけだと、理論的に説明できない。

収穫だ。上の立場の者が下の立場の者になり、逆転すると「あなたの正体がばれてしまう」。優しく賢い演技をしても、正体が分かった面白い経験だった。

あと2年で、ラストシーンで、「ダメ出し」を見せ、ハッピーエンドになる。

あとがき

倒れた後、2021年の夏頃のことだが、不思議に「晩年」という言葉が浮かんだ。教員の人生を思い出していた。南中から天王小に転勤してしばらく後のことだ。

不文律という「陰の法律」があり、私は管理職になれないから「どうする?」という希望を聞かれた。教職員以外は意味が分からないから、解説しよう。私は校務主任（校務主任は愛知県のみの役職で主な仕事は校務事務と渉外）で「管理職（教頭以上）にはなれないけど教務主任にはなれる。どうする?」ということだ。教職員の給料には仕組みがあり、少しだけ話をしよう。校長と教頭には管理職手当がある。金額はまた機会があれば話題にしよう。主任といって、教務主任、校務主任、学年主任（3学級以上）、生徒指導主事などには手当があり、どれも日額200円なので、1か月およそ4000円ぐらいだ。ちなみに特別支援学級担任の手当は主任手当の約3～4倍の金額だ。そこで、私は考えた。

同じ給料で慣れていない教務主任の仕事をするなら、このまま慣れている仕事をやった方が、世の中のためになり、若い主任が上に上がれば、役に立つ。この「わがまま理論」で人事の希望を出していた。希望が現実になっていたかは分からないが、そういうポジションだった。どちらにしても、倒れて多大な迷惑をかけた、学校へも地域へも家庭へも……。特に女房には、倒れる前は「出世も給料も部活も遊びも」で肩身の狭い思いをさせ迷惑をかけたし、倒れた後も「死ぬかも」と心配かけた。そしてさらに障害者生活という申し訳なさもプラスして「晩年」という表現になった。天王小学校円満退職は夢に終わった。ただ、他の人たちが脳卒中になったら、死ぬか？　重い障害を抱えて生きるか？　本人と家族の本音も知りたい。

話は変わるが、最後に、赤ちゃん子どものことを言いたい。偉そうに言うつもりはないし、現役の教員の時はわがままいっぱいの生活をしていたが、私の家族や同僚、友達、知り合い、ＰＴＡ関係の人たちは、「赤ちゃん子どもを作り産み育てる」ことをどう思っていたのか、いるのか？　最近真剣に考えることが多い。よく、社会で「女性は……」「子どもと仕事を天秤に……」「子育てにはお金が……」という会話がある。私も教育者の端くれでポンコツだが、「赤ちゃん子どもを作り産み育てる」が、仕事や都合や経済的な負担との比較論になってはいけないと思っている。「赤ちゃん子どもを作り産み育てる」は、一つで独立している価値観である。ましてや、昔の男の長老の管理職が「女の先生（医者、社員、戦力などでも同じ）が子どもを作るから困る」と平気で言う、いわんや、だ。みんな母親から生まれてきたのに。これから改善しよう。

思いは1割書いた。究極の自己満足でいいからチャンスがほしい。第2弾を！

【著者プロフィール】

ウメタケ

学歴はオール愛知県内の市県国立であり、愛知教育大学教職課心理学教室へ進学し無事卒業、教員となる。旧姓は木村。

2020年夏、５つめの赴任先である天王小学校で倒れ、脳卒中（脳出血）で休職後に退職。

現在は、無職というか重度の障害者でリハビリとデイサービスの２か所の掛け持ち生活で充電中。

脳卒中《のうそっちゅう》からの脳細胞《のうさいぼう》の新生《しんせい》
広《ひろ》く、浅《あさ》く、こだわり教員《きょういん》の生《い》きざま

2024年3月15日　第1刷発行

著　者　　ウメタケ
発行人　　久保田貴幸

発行元　　株式会社 幻冬舎メディアコンサルティング
〒151-0051　東京都渋谷区千駄ヶ谷4-9-7
電話　03-5411-6440（編集）

発売元　　株式会社 幻冬舎
〒151-0051　東京都渋谷区千駄ヶ谷4-9-7
電話　03-5411-6222（営業）

印刷・製本　中央精版印刷株式会社
装　丁　　弓田和則

検印廃止

Printed in Japan
ISBN 978-4-344-94673-6 C0095
幻冬舎メディアコンサルティングＨＰ
https://www.gentosha-mc.com/